夫よ、死んでくれないか

丸山正樹

双葉社

夫よ、死んでくれないか

写真　Gabriel Isak
装丁　アルビレオ

１

地下鉄の改札を出て、階段を上った。エアコンのきいた駅構内から外に出た途端、湿った熱気に包まれる。夜のとばりはとっくに下りたというのに、アスファルトからの放熱と人いきれで繁華街はまた格別な暑さだ。

新宿通りを人の流れに逆らって歩きながらスマートフォンを取り出し、グループＬＩＮＥに【いま駅でた】と送る。すぐに既読になり、璃子《りこ》・友里香《ゆりか》それぞれから（ＯＫ）（了解）のスタンプが返ってきた。

横断歩道を渡って路地に入った辺りから、麻矢《まや》の足取りは少しずつ軽くなる。立ち飲み居酒屋のカウンターで笑い合うワイシャツ姿の男たちや小料理屋の軒先にぶら下がる赤ちょうちんを横目に進んでいくと、日中に上司から頂戴した嫌味混じりの忠告も明日の代理店打ち合わせの心配事も、一つ一つ消えていくようだ。

帰宅後の憂鬱事《ゆううつごと》だけは中々脳裏から離れてくれなかったが、それは無理矢理頭から追い払った。

少し先に、「ＦＲＥＥＤＯＭ《フリーダム》」と書かれた紫色の看板が見えてくる。駅周辺の喧騒《けんそう》から離れた場所にあるこの隠れ家的バーを見つけてきたのは、仕事柄交友関係の広い璃子だった。

大学時代はいつもつるんでいて、所属していたサークルでは「三人組」とまとめて呼ばれていた彼女たちも卒業して就職し、最初に璃子が、続いて友里香が結婚してからは次第に会う機会が減っていった。特に友里香に子供ができてからは、たまにＬＩＮＥで近況報告をし合うぐらいになっていたのだ。それがこうして三十代半ばで再び集まるようになったのは、璃子を巡る「ある出来事」がキッカケだった。

ドアを開け階段を下りて行くと、奥のテーブル席に璃子と友里香の姿が見えた。

「ごめん、遅くなった」

右手を軽く上げながら駆け寄る。薄暗い店内には聴き馴染《なじ》みのない洋楽が静かに流れている。

「全然」

「おつかれさま」

二人の前にはすでに三分の一ほど中身の減ったグラスが置かれていた。璃子はジンフィズ、友里香はシャンディガフ、と確めなくとも分かる。

「ママ、生ください」

カウンターの中へ向かって声を掛けると、

「グラスね、りょうかーい」

若い頃には小劇場の舞台に立っていたという四十がらみのママの明るい声が返ってくる。

璃子がこの店を知ったのも近くで芝居を観た帰りに知り合いの役者に連れてきてもらったからで、今も演劇関係の客は多い。時折テレビで観たことのある（でも名前は知らない）俳優の顔をカウンターで見かけることもあった。そういう常連にも麻矢たちのようにたまに来るだけの女性グループにも同じような温度で接してくれるのがママの、そしてこの店の良いところだった。

麻矢が注文したグラスビールはすぐにきた。グラスに触れた瞬間に感じる心地よい冷たさ。わずかについた水滴。店内の照明に浮かび上がる琥珀色《こはくいろ》の液体。なんという美しさだろうと最初の一杯を飲むたびに思う。

「おつかれさま」

麻矢が改めて言うと、二人もグラスを上げて応えた。

「今日を生き抜いたことに」

この店の乾杯の合言葉を揃って口にする。

「乾杯！」

軽くグラスを合わせ、おのおの口に運んだ。

「あー、おいしい。生き返る」

少し大げさだとは思うが、そう口にしなくてはいられない。特にこう暑い日が続いては。

グラスを置いたところで改めて店内を見回す。

入口近くに二人掛けのテーブル席が四つ、左手に十人ほど座れるカウンターというつくりの店で、週末は多少混みあうがそれでも早い時間であれば四人掛けの席を確保できる。コロナ禍の頃はこういう機会が全くつくれなかったため、今三人で集うことができるのが麻矢にとっては何よりもありがたかった。

とはいっても、それぞれに仕事や私事で忙しい時期が重なり、三人揃って会うのは久しぶりだった。

「無事オープンして良かったね」

璃子が向けてきた笑みに、麻矢も笑顔で応える。

大手の不動産開発会社に勤めている麻矢は、このひと月ほど、担当している施設のリニューアルで目が回る忙しさだった。一昨日無事再オープンを迎えたことは、すでにＬＩＮＥで報告済だ。

「璃子も校了、おつかれ」

璃子はフリーランスで編集とライターの仕事をしている。Ｗｅｂが中心だが、グルメから映画・演劇、健康関連と扱うジャンルは幅広く、「加賀美《かがみ》璃子」と記名入りの記事を最近よく目にする。

「うん、今回はしんどかった。初校ゲラでインタビューの時に全然出なかった話をどっさり赤入れされて、一体何のための取材？　って泣いたわ」

いやいやするように首を振ると、頭の後ろで結んだ髪が背中の辺りで揺れた。三人の中で一番の長身で細面の璃子には、長い髪がよく似合う。

「いいなあ二人とも。充実してて」

拗《す》ねたように言う友里香を、「まあそう言わないの」と璃子がなだめる。

「友里香が一番大変なのは分かってるから」

「一番ってことはないけど」

満更でもないように答える友里香は、手入れが楽だからとずいぶん前から髪を短くしていた。小柄な体形やカジュアルな服を好むこともあって、子持ちの彼女が三人の中で一番若く見えた。

「いや一番大変だって。結菜《ゆな》ちゃんじゃなくてガーベの方ね」

「ああ、まあね」

「で、どう？　あれから態度変わった？　ガーベ」

「全然」

　待ってましたとばかりに友里香が応える。

「相変わらずだよ。昨夜も飲んで遅くに帰ってきたのに何か食べたいっていうから、さっぱりしたものがいいかと思ってざるうどんでも出してあげようとしたら、チンしないでちゃんと茹《ゆ》でろとか言っちゃって。おんなじでしょって言ってもそういうところで手ぇ抜くなとかって。おまけに大根おろしつけてくれとかって。何で夜中の一時に大根すらなきゃいけないの」

「マジ？　ガーベ何様？」

　ガーベとは英語のgarbageの略。生ごみ、残飯、くず——他人に聞かれても分からないようにつけた、友里香の夫に対するあだ名だ。

「わざとしっぽのからいほうすってやったわよ。案の定『からいな』とか顔しかめてたけど」

　麻矢は笑みを浮かべかけたが、友里香は真顔のまま話を続ける。

「シャワー浴びればその辺びちゃびちゃだし。ドアの開け閉めバタンバタンうるさくて結菜は起きちゃうし。私もシャワー浴びるから結菜見てててって言っても『何で俺が帰った後にわざわざ入るんだ』とかって。結菜から目が離せないからわざわざあいつが帰ってくるの待ってたのにそれすら分かんないのよ。で、シャワーから出ると案の定、結菜ほっぽらかしでスポーツニュース観てるし。何の役にも立ちやしない」

友里香の夫に対する愚痴《ぐち》、いや呪詛《じゅそ》はとめどなく続く。ガーベこと榊哲也《さかきてつや》は、彼女たちより十一歳も上の四十五歳で、電機メーカーの課長職についている。結婚して今年で七年目だ。

「日曜はまたゴルフだってほざくし。いなくてせいせいするけど、たまには『自分が結菜みてるからどこか出かけてくれれば』ぐらい言えないのかしらね。今日だってほんとにみてくれてるか心配」

友里香は時計を横目で気にした。今日は「特別に」ガーベが早く帰宅して結菜ちゃんのことをみてくれているらしいが、シンデレラタイムはすぐにやってくる。

「あー、ほんとにどうにかならない？　毎日『この暑さで死ぬな』って言ってるけど全然死にゃあしないし」

これにはさすがに、麻矢も璃子も口を開けて笑った。

「――麻矢のとこはどうなの」

ひととおり吐き出して落ち着いたのか、友里香が麻矢に顔を向けてきた。

「うち？　うちも相変わらずよ」

自虐的な笑みを浮かべ、麻矢は答える。

「三人の中で一番」は自分にはない、と麻矢は自覚していた。体形も髪型もいたって普通。学生時代の成績が良かった友里香や男子に人気があった璃子に比べ、自慢できることは何もない。三人の中で、結婚するのも一番遅かった。

「昨夜も帰ってきてすぐパソコン抱えて部屋に閉じこもっちゃって。会話は一言もなし。夜中になんか食べたみたいで――まあ一人で勝手に食べてくれるのはいいんだけど、今朝またプラゴミ分別してなかったから注意したらあからさまに嫌な顔しちゃって。『細かいことといちいち言うな』っていう態度丸出し。そう思ってんなら口にすればいいのに不機嫌オーラ出すだけだからね。こっちだって本当は軽くすすいでほしいのにそこまでは言わないで我慢してんのに。ゴミの分別もできないって社会人としてどうなの」

「麻矢がしてくれるって甘えてるんでしょ」

「それが、一人暮らしの時から無頓着だったみたいなんだよね。最初に注意した時、『そういうのはゴミ収集の人がやってくれるんだよ、それで給料もらってんだし俺たちもそういうのに税金払ってんだから』とか真顔で言ってたから」

「出た、理屈王子」璃子が笑う。

「王子じゃないけどね」

「さすがにまだオヤジじゃないでしょ」

「オヤジだよ、全然運動してないからお腹出てきてるし、椅子から立ち上がる時も必ず『よいしょ』とか言ってるよ。本人気づいてないだろうけど」

「そんなのまだまだだよ」と友里香。「オヤジは口臭、体臭が耐えられなくなってからだって。

ほんと一メートル以内に近寄るなって感じ」

「でもなんかあるとすぐため息つくのオヤジくさくない？　私イヤなんだけど」麻矢は続けた。

「今朝も家出る前、『あー、今日の会議憂鬱だー、行きたくねえなー』とかってわざとらしくため息ついてさ。こっちだって行きたくないのを口に出さずにこらえてんのにそんなこと横で言われたらほんとテンション下がるわよ。せっかく仕事が一段落していい気分でいたのに朝から台無し」

「自分だけ仕事してるって思ってんのよねー」

「璃子も結婚している時そうだった？」

「うちはもっとひどいわよ。『お前の仕事なんか遊びだ、一緒にするな』って普通に言ってたからね。で、毎日残業残業、出張出張、全部女だったってオチ。最低過ぎて笑えるでしょ」

「いや笑えないよー」

「クソだねマジで」

「ほんと離婚できて良かったよ。二人のおかげ。感謝感謝」

璃子が実感のこもった口調で言った。

彼女が結婚したのは、大学を卒業してまだ三年の頃だった。優しく包容力があり、ロックフェスで出会った時にほとんど璃子の一目惚れだったというイケメンの広告代理店勤務の男との蜜月は、しかし一年と続かなかった。

あの頃は璃子もテンションがおかしかった、と麻矢は思う。招待された披露宴で、キャラに似合わぬフリルのついたドレスを着てはしゃいでいる姿を見た時から、何となく不安を感じていたのだ。

勢いで決めてしまった結婚生活はいずれにしても長くは続かなかったのかもしれないが、入籍した途端、夫の態度が変わったのだという。いわゆる「釣った魚に」の典型だ。

「付き合い」と称して毎夜飲み歩き、朝帰りもたびたびで、「本当に仕事なの」と問うと「俺が信じられないのか」と罵声《ばせい》が返ってきたらしい。手こそ出なかったがひどい暴言を吐き、それでも必死に言い返すと家に帰って来なくなり、生活費も入れなくなった。出版社に勤めていた璃子は結婚を機に退社していて、貯金を切り崩して生活費に充てていたらしい。編集者時代のつてをたどってライターの仕事をするようになったのはその頃だ。

――細々とだけど仕事があったから離婚できたんだと思う。

後になってしみじみと呟いた璃子の言葉に複雑な表情を浮かべたのは、その頃はすでに専業主婦になっていた友里香だった。しかし璃子がどうすればスムーズに離婚できるか、誰よりも力になったのも友里香だったのだ。

それまで一人で何とかしようとあがいていた璃子から、【もう無理、助けて】とグループＬＩＮＥにメッセージが送られてきたのは、四年ほど前のことだ。

麻矢は子会社に出向して忙しかった頃で、友里香も幼い子を抱えて外に出るのは大変だったはずだが、普段泣き言を言わない璃子からのＳＯＳとあっては放っておけず、久しぶりに「三人組」が復活したのだった。

その時点で別居状態にあったにもかかわらず、体面を気にしてか璃子の夫は中々離婚に応じなかった。

各自ネットや書籍を漁り、経験者に尋ね、知恵だけでなくそれぞれの人脈も最大限活用し、最終的には「離婚調停で負けたことなし」という弁護士を友里香が見つけてきてくれたことで、相手にそれなりの慰謝料を支払ってもらう条件で璃子は離婚することができた。

彼女の離婚が成立してからはことさら集まる必要はなくなったのだが、その後は自然と友里香と麻矢が夫の愚痴、いや悪口を吐き出すための集まりとなったのだった。

「そういや、昨日校了した号なんだけどさ、変な記事が載ってんの」

それぞれが二杯目の飲み物を注文したところで、璃子が話題を変えた。

「帰宅恐怖症の夫が最近増えてるとかって」

「うん？　それってかなり前の話じゃないの？」

帰宅恐怖症――。特別仕事が忙しいわけでもなく、接待や人付き合いなどで飲みに行っているわけでもないのになぜかまっすぐ家には帰らず、外で時間を潰したり無駄な残業をしたり、時にはカプセルホテルなどに泊まったりする夫が増えている。

そういう現象についていくつかの週刊誌やネット記事で取り上げられていたのは、麻矢も目にしたことがある。だがそれは、いずれも新型コロナウイルスの感染が拡大する前だった。

「そうなんだけどさ」璃子も少し首を傾げながら答える。「一時期コロナでリモートが増えたじゃない？　家にいることが多くなったことで余計家庭に居づらさを感じて、出社が再開したらそのまま家に帰りたくないって夫がまた増えてるんだって」

「逆でしょー」友里香が呆れたように言う。「前はリモートが増えたことで『主人在宅ストレス症候群』を抱える妻が増えてるとかって書いてなかった？」

「書いてたよ。いつもの『バランス感覚』ってやつ」

「何それ」

友里香が吐き捨てた。

「こっちはどれだけ嫌でも家事も育児も絶対しなくちゃなのに、『家に居場所がないからボクちゃん帰りたくなーい』とかって、なら一生帰ってくんな」

「ほんとそれ」麻矢も同調する。

「そういえばさ、ちょっとケースは違うけど」璃子が言った。「知り合いの編集者、男の人なんだけど、娘さんがコロナに感染しちゃった時、伝染《うつ》ったらやばいっていうんでカプセルホテル泊まりしてたって」

「え、じゃあ娘さんのケアは奥さんがワンオペ？」

「だね」

「伝染ったらやばいのは奥さんだって同じじゃないね」

「奥さん仕事してないから、だって」

「ちょっと何それ。ほんと死んでほしいんですけど」

友里香の口から、早くもいつものセリフが飛び出した。

あいつとの生活に耐えられない。もう限界。無理。同じ空気も吸いたくない。

そう訴える友里香に、当初は璃子が「友里香も離婚すればいいんだよ」と応えていた。

「私の時さんざんお世話になったから、全面的に協力するよ。弁護士さんもいるじゃない」

だがその度に彼女は力なく首を振った。その口元に浮かぶ気弱な笑みは、「諦め」に違いない。

実際、友里香が離婚などと口にしたら、璃子の時の比ではなく揉めるだろう。まず、子供の問題がある。当然友里香は「娘を連れて出て行く」ことを主張するだろうが、それをガーベが素直に承諾するわけがない。ろくに面倒みないにもかかわらず、いやそれゆえにか、彼は幼い娘のことを猫可愛がりしているのだ。年がいってできた子供ということもあるのだろう、向こうの親の初孫への溺愛振りも尋常ではないらしい。

普段からモラハラの激しいガーベではあるが、「身体的暴力」はなく、浮気も（少なくともその証拠は）なかった。

璃子の言う「弁護士」は元々ガーベの仕事関係の付き合いから紹介してもらった人だったため、いざという時味方になってくれるかどうか分からない。逆にあの敏腕弁護士が「敵」に回ってしまったら、離婚が成立したとしても慰謝料を請求できないどころかあらゆる手を使って親権を主張してくることだろう。

それだけではない。友里香の弱気の最大の原因は、やはり「経済力」にあった。

結婚を機に退職してこれまで、彼女は正規の職に就いたことがない。結菜ちゃんを保育所に預けられるようになってからパートでスーパーのレジに立つようになったが、収入は月に七万円程度だという。

就活では誰よりも早く第一志望の損保会社から内定をもらった彼女だったのに、特に資格があるわけではない現状では、この先正規の仕事を見つけられる可能性は低く、離婚後の養育費が滞ってしまったら児童手当などを受けられても生活は困窮《こんきゅう》することだろう。

だから仕事辞めなきゃ良かったのに。

何度も喉まで出かかったが、もちろん麻矢は口にはしなかった。

「結菜をそんな目に遭わせたくないし……これから学校のことを考えても父親がいないのは相当不利になるでしょう?」

そう下を向く友里香に向かって、「再婚すればいいのよ」璃子はこともなげに言った。

「絶対もっと友里香に合う人がいるって」

「私、璃子ほどモテないもの」

「そんなことないよ。女はバツイチの方がモテるから」

その言葉通り、璃子は離婚してすぐに彼氏ができた。今も付き合っている鴨下《かもしだ》亮介《りょうすけ》という年下の小児科医だ。編集者時代に取材で知り合った相手で、麻矢はひそかに、亮介の存在があったから彼女は離婚を決意できたのではないかと思っている。

だからすぐに亮介と再婚すると思っていたのだが、意外にもそうはならず、独身生活を楽しんでいた。他にも「ボーイフレンド」は複数名いるらしく、最初の結婚の反動か亮介のような大人し目なタイプを最近は選んでいるようだった。

「とにかく離婚はハードルが高すぎ」

友里香が、嘆くように言った。

「考えただけでも気が重くなっちゃって、だったら今のままでいいやって思っちゃう。結菜さえいれば、もうガーベのことは単なる同居人、生活費供給マシーンだと思って生きていけばいいやって」

「友里香がそう言うならしょうがないけど……」

璃子の言葉に麻矢も肯《うなず》きながら、でも本当にそれでいいの？　と内心思う。そういう生活を、あと何十年も続けていくの？　子供なんてすぐに成長して親の手を離れていくのに。

「一番いいのは、遺産と保険金と遺族年金を残していなくなってくれることよねえ……」

集まりの最後は大抵、友里香のこの言葉で締めくくられる。

「ほんと、元気なまま死んでくれないかしら」

それが今の友里香の、そしてかつての璃子の、間違いなく本音なのだろう。

じゃあ自分はどうなのだろうか？

麻矢は自らに問う。

二人と一緒になって夫への愚痴を吐き出してはいるが、自分は彼のことを本当はどう思っているんだろうか。


なるべく音を立てないようにマンションの玄関のドアを開け閉めする。

夫の革靴はたたきにあった。遅くとも終電で帰るつもりでいたのに、友里香が先に帰った後、璃子ともう一軒別の店に寄ってしまい結局タクシー帰りになってしまった。

玄関を上がって廊下を進む。京王《けいおう》線の東松原《ひがしまつばら》駅からほど近い１ＬＤＫの賃貸マンションで、左手に寝室、奥に広めのリビングというつくりだ。そのリビングの明かり窓から光が漏れていた。まだ起きているようだ。

そのまま素通りしようかとも思ったが、さすがに気が引けてリビングのドアを細めに開けた。夫はこちらに背を向けた恰好でソファに座り、テレビを観ていた。

画面には、麻矢にはタイトルも分からないモノクロの古い外国映画が流れている。

「ただいま」

小さく声を掛けると、「うん」とも「ああ」ともつかない声が返ってきた。

なぜわざわざ自分が帰ってくるまで起きて映画など観ているのか。まさか嫌がらせか？　と疑いながら、「遅くなりました」と付け加える。

夫はちらりと時計に目をやると、「ああ、もうこんな時間」と呟いた。そのわざとらしさに舌打ちしそうになったが、何とかこらえた。

「シャワーを浴びて、寝るね」

そう言ってドアを閉める。返事はなかった。

洗面所に入るとまずはハンドソープをつけて念入りに手を洗い、うがいをしてから着ているものを脱いだ。シャツとスカートは畳んでとりあえず洗濯機の上に置き、下着は夫のものが入っていないことを確認してから脱衣カゴにいれる。

浴室のドアを開け、シャワーのコックをひねった。

頭からぬるま湯を浴びながら、麻矢はもう一度先ほどの自問を反芻《はんすう》する。

自分は、夫のことをどう思っているのだろうか。

二つ年上の夫——甲本《こうもと》光博《みつひろ》と出会ったのは、「異業種合コン」だった。六年ほど前のこと。

もともとその異業種交流会に参加していたわけではなく、会に登録していた後輩が行けなくなり、「代わりにお願いできませんか」と急遽頼まれて参加したのだ。

「会ったことのあるのは一人だけですけど、粒ぞろいですので！」

後輩はそう力説したが、行く前は楽しみより憂鬱の方が勝っていた。「社交的だけど人見知り」という矛盾した性格で、仕事は別にして初対面の相手とすぐに打ち解けることができない。ましてや「異業種」つまり共通項となるものがなく、加えて最初から「交際相手ひいては結婚対象として品定めする」視線の異性にはどうしても気後れが生じてしまう。

普段いろいろ無理を聞いてもらっている後輩への義理で「代理」を引き受けてしまったが、IT企業勤務・薬剤師・銀行員という馴染みも関心もない当日の顔ぶれを聞いてからは、何とかして断る理由を探しているような有様だった。

しかし、結果として、その合コンは楽しかった。その理由が、最初に向かいの席に座った光博の存在にあったことは間違いない。

お決まりの自己紹介が終わった後は自分から積極的に話しかけていくことができず、挙動不審に周囲を見回したり、手持ち無沙汰で飲み食いに精を出したりしていた麻矢に、「ＩＴ企業でプロジェクトマネージャーをしている」という彼が、適当なタイミングで答えに困らないような質問を投げかけ、無理矢理にでも共通項を見つけ、「会話」を成立させてくれたおかげだった。

「薗部《そのべ》さんは出身はどちらですか？　ああ僕も東京です。立川《たちかわ》。通勤圏内ですけどね、学生の頃からアパート借りてたので。ああ薗部さんもですか。実家の方がお金はかかりませんけど、やっぱり一人暮らしの方が気楽でいいですよね。でも『田舎』がある人ってうらやましくありません？　ねえ、こっちは盆正月に限らずいつでも帰れちゃうし。地元っていっても特に長居しても面白いことはないし。『帰れる場所がある人』ってなんかいいですよねえ」

「お休みの日は何されてます？　へえ、アクティブなんですね。僕はどちらかというとインドアかなあ。出かけたら出かけたで充実はすると思うんですけど、なんか億劫で。配信のドラマや映画を観たり、ゲームをやったりしてると一日なんかあっという間にすぎちゃいますね。映画とか観ませんか？　ああ、僕も映画館には最近はほとんど行かないですけど、もっぱら配信で。ええ、ネトフリもアマプラも両方入ってます。それだけでも観る作品多くて困っちゃいますよ。あ、韓国ドラマですか？　すみませんそっちには疎《うと》いんですけど、何か面白いのありました？　へえ、そうなんですか……」

　常に会話を主導してくれながら、一方的でもなく、麻矢も自然に自分のことを話すことができた。会話が進むにつれ、「全くタイプが違う」ことが分かってきたが、そういう相手とプライベートで接することがあまりなかったので、むしろ新鮮だった。

その気持ちが単に「異業種だから」ではないことは、その後席替えがあり、他の男性相手だと受け答えに困ってぎこちない会話が続いたことではっきりした。最後にもう一度光博が席に戻ってきてくれた時には心底ホッとしたものだ。

別れ際に向こうからＬＩＮＥの交換を口にしてくれたのも嬉しかった。その日のうちに【今日は楽しかったです。ありがとうございました】というメッセージが届き、麻矢もすぐに同じ内容の返信をした。

それからＬＩＮＥで毎日のように会話するようになり、半月後に初めて二人でご飯を食べに行って――。

浴室から出て、タオルを巻いた姿で廊下を歩く。

リビングの明かりはついたままだが、物音はしない。夫は寝室に入ったようだ。

最近は、寝室が「夫のエリア」になっている。麻矢は自分の服を取り出す時以外には基本出入りしない。一方で「麻矢のエリア」はなかった。新居を探していくつか内見した中で、広くて明るいリビングを二人とも気に入って選んだ部屋だったが、「それぞれのエリア」を確保できる間取りの方が良かったと、今になって後悔していた。

リビングのドアを開け、彼がいないのを確認して中に入る。壁際に置いたハンガーラックに着ていたものを吊るし、衣装ケースから下着と寝衣代わりのショートパンツとＴシャツを出して着た。

さっき夫が座っていたソファの背もたれを倒し、パイル生地のシーツを敷いて横になる。

スイッチの消えたテレビの画面に、自分の姿が映っていた。それが嫌でリモコンを取ってテレビをつけた。観たい番組などあるわけもなく、ハードディスクの録画リストに切り替えてみる。

さっき夫が観ていたのはこれだろうか。そのまま再生ボタンを押してみると、やはり古いモノクロの画面が映った。

深い霧の中を、男がさまようように歩いている。道に迷いでもしたのか、呆然とした表情だ。

しばらくぼんやり眺めていて、観たことのある映画だ、と気づいた。

この男は元軍人で、戦争で受けた傷かなにかが原因で記憶を失っているのだ。確かこの後、一人の女性に出会い、恋に落ちる。しかし数年後に元の記憶を取り戻して――。

通りすがりの男が何か呟く。字幕が出た。

〈まるで豆スープのような霧だ〉

――豆スープのような霧って？

この映画を光博のアパートの小さなテレビで一緒に観た時、意味不明な表現が気になって麻矢は隣にいた彼にそう尋ねた。彼は何でもないように答えた。

――豆のスープって、グリーンピースでも白インゲンのポタージュでもいいけど、とろりとして透明じゃないだろ？　それほど濃くて視界がきかないほどの霧、ってことじゃないの？

映画が最後どうなったのかも思い出せないのに、その時の会話だけは覚えている。

へえ、そうなんだ。

何となく訊いただけで向こうも大した知識を開陳したわけではないが、麻矢はその時、妙に嬉しかったのだ。彼が、自分の分からなかったことにすらっと答えてくれることが。

光博と結婚したのは、それから一年にもならない頃だった。

交際していた頃から、麻矢をよく知る友人たちはことごとく「今までにいないタイプね」と口を揃えた。確かにそれまで友人たちに紹介していた相手は、キャンプ好きの空間デザイナーやボルダリングが趣味の営業マンなど、陽気で活動的な男性ばかりだった。出身大学や勤め先こそ一流だが、「陰キャのオタクですから」と自虐的に名乗る男と結婚することになるなど、麻矢自身が思ってもいなかったのだ。

いやそれは、相手も同じだっただろう。

休日に仕事の視察を兼ねた商業施設巡りに付き合わせたり、趣味のサイクリングに誘ったり、知人が主催するバーベキューパーティに連れて行ったりするたびに、「こういうの初めてで」「勝手が分からなくて」と困った顔をしながらも「新鮮で楽しい」と口にしていた。麻矢も、光博の趣味である古い映画の鑑賞に付き合うのは多少退屈ではあったが、観終わってから彼の解説を聞くのは楽しかった。そういう感じ方があるのか、そんな理解をするのかと、新鮮な驚きがあった。

同じような感性や価値観を持った人よりも、違う人の方が自分を成長させてくれるのかもしれない。分かりにくいところや理解できない振る舞いもあるが、最初から分かりやすいより長い時間をかけて少しずつ相手のことを知っていく方が――。

そうか、と気づいた。

さっき、「嫌がらせか」と考えたのは誤解かもしれない。

向こうもまた、妻がいない一人の時間を楽しんでいただけなのかもしれない。彼の場合は外でお酒を飲むより映画鑑賞。寝室のパソコンよりも大きな画面と音響を満喫できるまたとない機会だったのだ。

「もうこんな時間」とわざとらしく時計を見たのも、本当に映画に没頭していて何時になったのか分かっていなかったのかもしれない。

リモコンを再び手に取り、テレビを消した。ついでに明かりも。

こういう誤解は、もしかしたら他にもあるのかもしれなかった。

タオルケットを胸まで引き寄せ、それでも、と思う。

間違いなく分かっていることはある。

夫が自分の深夜の帰宅を責めないのは、鷹揚《おうよう》だからなのではなく、単に関心がないからだ。

彼だけではない。自分も。

結婚五年にして、互いへの関心が消え失せた。

それを「恋愛感情がなくなった」と言い換えるのは簡単だろう。どこの夫婦もそんなものなのかもしれない。

結婚して五年も経てば当たり前。レスになるのも。

別々のベッドで寝るようになって、ちょうど一年になる。

キッカケは、たわいのないことだった。夜中にエアコンの設定を巡って揉めたのだ。

「そっちも好きにエアコンつけられた方がいいでしょ」

枕とタオルケットを抱え「私、リビングで寝るから」と背中を向けた麻矢を、彼は何も言わずに見送った。

ここ数年の猛暑、いや酷暑は「エアコンの設定温度」並びに「就寝時のエアコン」問題を新たに引き起こした。熱中症対策の必要性はもちろん認めつつもあまり体を冷やしたくない麻矢に対し、設定温度はやや高めでいいが常時稼働させたい、と光博は主張した。せめて就寝時はタイマーにして夜中はオフにしたいと反論したが、自動的にオンオフになるのだからタイマーの必要はない、と意見は真っ向から対立したのだ。

「でも実際、夜中に寒くて起きちゃう時もあるのよ」

「寒けりゃタオルケットをかぶればいいだろう」

それはそうかもしれないが、エアコンが寒くて布団をかぶる、と言うのは本末転倒ではないか。

「タイマーが切れて暑くてまたつける、なんてそれこそ不経済だろう」

正論で言い返されてもはや反駁する気も起こらず、「じゃあ別々に寝よう」ということになったのだった。

「夏の間だけ」と思っていたのが、「一人寝」はあまりにも快適だった。

いつ寝るのも自由、遅く帰って相手を起こしてしまうと気にしなくてもいい。いくら寝相が悪くても誰にも文句は言われないし、寝息（時にはいびき）を聞くことも聞かれることもない。

ベッドを別にして、いいことばかりじゃないか、と自分に言い聞かせる。

体を触れ合う機会がもはやなくなった、ということを除けば。

普段の生活の中で彼に性的な欲望を抱くことはもうずいぶん前からなくなっていたが、今でももし体が触れ合うことがあったら。何の気なしに指がからまったり、足の温かさを感じたり、彼の肌と自分の肌が重なることがあったら。その瞬間に「そういう気持ち」を覚えることがあるかもしれない。

しかし、その機会はもう失われた。

セックスだけではない。

快適さと引き換えに、誰かが隣にいてくれる安心感を麻矢は失ったのだ。

いやこれも逆だ、と再び思う。

誰かが隣にいる安心感を失う代わりに、結婚していても一人の空間がある、という快適さを得たのだ。それでいいじゃないか。

……いつの間に、こんな風になってしまったのだろう。

付き合っている頃は、一人でいても二人でいるように感じていた。

あれは交際が始まって三か月ほどが経った頃だっただろうか。

それまで食事をする場所は大抵、光博の方が決めていた。もちろん「行きたいお店ある？」と何度も訊かれはしたが、麻矢自身はさほどグルメでなく、彼の方がおいしい店を知っていたからだ。そろそろ向こうの行きつけも一回りしたようで、「次は麻矢さんの行きたいところに行こうよ」と言われ、その店を選んだのだった。

「丸多《まるた》」という名の、浅草《あさくさ》にある小さなおでん屋だった。

行きつけ、というほど通っていたわけではない。璃子に「おいしいのにさほど混みあわない穴場」と教えてもらった店で、出汁《だし》と濃口《こいくち》醤油《しょうゆ》を使って煮込んだシンプルな関東風おでんが売り。特に三日かけて味をしみこませる大根は絶品だった。

璃子に連れて行ってもらった時にいっぺんでとりこになり、ちょっと頑固風な大将ときっぷのいい娘さんのやり取りも楽しく、女性の一人客でも臆せず入れる雰囲気だったため、それから一人で時折訪れるようになった。

特に、ちょっとした喜び——担当していた建物に飾ったクリスマスツリーを通りがかった人たちが「きれい」と足を止めてくれ、子供たちが無邪気に喜んでいるのを見た時など——や逆にちょっとした悲しみ——結婚している先輩女性の担当した案件について批判的な意見をした際に「結婚できない女のひがみ」ととらえられていると知った時など——誰ともその気持ちを共有できない時、せめておいしいものでもとこの店を訪れ、大将や娘さん、常連たち相手に気の置けない会話を交わしていると、いつも以上におでんの味が沁《し》みた。

そんな店だったが、「恋人」を連れてくるのは初めてだった。

自分だけの場所、という思いを抱く一方で、もし気に入ってもらえなかったら、という不安も正直あった。

店の大将も娘さんも麻矢の「男連れ」に過剰な反応はせず、「らっしゃい！」「外は寒い？」などといつものように迎えてくれた。

「いい雰囲気のお店だね」

普段は洋食やバーが多くこういう店は初めてという光博は、落ち着かなげに辺りを見回しながらも、嬉しそうだった。そして麻矢が「お薦め」として選んだ具の中から大根を真っ先に口に運ぶと、驚いた顔をこちらに向けた。

「何これ！　今まで食べたのと全然違う！」

「でしょう？」

「おいしい！　また絶対来たい」

まだ食べ終わってもいないのに「次回」を口にする彼の言葉に、麻矢は思わず笑った。

あの時が幸せの絶頂だった、と今になって思う。

プロポーズされた時よりも、式を挙げた時よりも。

それまで一人で楽しんでいたことを、二人で共有できる喜び。

一人で食べておいしいと思ったものを一緒に食べ、おいしいねと笑い合う幸せ。

ああ、こういうことだったんだ。

みんな、こういう風にして「結婚」を選んでいくんだ。

そう思ったのだった。

それなのに今は。

二人でいるのに一人のように感じてしまう――。

2

坂道を登りきったところに木陰を見つけ、ロードバイクを止めた。起伏に富んだ地であることはもちろん承知していたが、記憶以上にアップダウンが激しかった。

太い木の幹にバイクを立てかけ、脇に腰を下ろす。水筒に入れてきた冷たいほうじ茶で喉を潤《うるお》した。猛暑日が続いていた今年の夏も数日前から最高気温が三十度を下回るようになり、こうして日陰に入るとかなり涼しい。

ここまで快適な走りを楽しめたのは気候のせいもあるが、新調したバイクのおかげに違いない。今まで乗っていたのは五万ほどで購入したアルミのエントリーモデルで、たまに通勤に使ったり近隣を走ったりするのには十分だったのだが、休日に長距離も走ろうと決めフレームやコンポのグレードにもこだわって選んだものだった。

その長距離サイクリング第一弾の目的地として選んだのが、入社して最初に担当したこの地だった。

東京の多摩南部の端に位置し、古くから都心のベッドタウンとして栄えた街で、全国有数の大学都市でもある。その一角、最寄駅からバスで十分ほどの場所に、麻矢が入社して間もない頃に販売促進を担当した高級分譲マンションがあった。

　あれからもう、十年以上が経ったのだ。

　そんなに、と感じる一方で、あっという間だったとも思う。これからはきっと、時の流れをさらに早く感じるのだろう。この十年とそれ以前——永遠に続くように思われた学生時代を比べれば、分かり切ったことだ。

　平成元年早生まれの麻矢は、世の中の大きな変化とともに育ってきた自覚があった。物心がついた頃にバブルは崩壊。平成不況を経て子供の頃からあまり高望みをしない生き方が身についた。中学生以降はゆとり教育の恩恵を受けたものの、大学に進学した頃からまさに激動の日々を過ごした。

　世界中を震撼《しんかん》させたリーマンショックの影響が就活に表れだしたのは麻矢たちが大学三年になった頃で、それまでの売り手市場が一変した。先輩たちからの就職活動のアドバイスは全く参考にならなくなり、内定率もグンと下がり厳しい就職戦線となった。

　そして、卒業年の三月に起こった東日本大震災——。その動揺も収まらない中で、麻矢たちは入社式を迎えたのだった。

　就職先にデベロッパーを選んだのは、熟慮を重ねてのことだった。

　クリエイティブな仕事に興味のあった麻矢は、三年生夏のインターン先にはテレビ局を選んだのだが、短期間でも感じた軽薄な雰囲気に幻滅し、もっと地に足が着いた仕事をしたいと考えるようになった。「人々の暮らしを底から支える」。そんな仕事を。一方で小学生の頃から続く不況を見てきているせいで安定志向もあり、双方を満たす就職先として、「街づくり」から関わることのできる大手不動産開発会社にターゲットをしぼったのだった。

同期入社十八人のうち、女性は麻矢ともう一人だけだった。業界全体を見ても、おそらく「同期の女性」は全国で二十人に満たなかったのではないか。そんな「男社会」に女性ならではの視点を導入したい、これからは必ず街づくりにも女性の声が必要になる、と面接で力説したのが高評価に繋がったと後で聞いた。

だが、現実はそんな生易しい世界ではなかった。

研修が終わって配属されたのは、住宅マンション事業本部だった。

最初に担当したのが、バブル期に建てられたシニア向け分譲マンション。沿線の住宅街にチラシを配ることから仕事は始まった。億を超える価格の部屋がほとんどで、対象者は会社経営者や医師・弁護士などの高額所得者が主だった。

都市計画の一端を担っているという自負を抱く一方で、最初に目標とした「人々の暮らしを底から支える」仕事を、面接時に訴えた「街づくりに女性の視点を」という目標を、実現できているとはどうしても思えなかった。

最後までやりがいを見いだせないまま、三年後に不動産管理部門の担当となり、子会社へ出向した。オフィスビルの管理、メンテナンスが主な仕事で、多い時は七つのビルを一人で担当し、それぞれ一週間に一回は回るため、ほぼ会社にいないという日々を過ごした。

「やっぱり女は」と言われたくない。それでいて「さすが女性ならでは」とは思われたい。その両立を目指し、とにかくがむしゃらに働いた。賃料改定（つまり値上げだ）の交渉やテナントの選定などメインの業務の他、雑務的な仕事も積極的に引き受けた。

ある年の冬——記録的な大雪が降った翌朝、ビル周辺の雪かきを一人で担ったこともある。「雪かき仕事」などと自嘲のニュアンスで使われることがあるが、まさにそのものだ。

ビルに勤める人たちが出社する前に済ませないとならないため、まだ暗いうちから現場に赴き、凍える手で慣れないスコップを握った。とにかく人が通れるスペースの確保を、とスコップをふるっていると、ダウンジャケットの下に着ているシャツはたちまち汗でぐっしょりとなった。

早出してくる社員たちの中には「こんなことまでするの」と呆れた顔を向けてくる者もいたが、「あの時雪かきをしてくれた女性」と、麻矢の名前と顔は一気に認知された。しばらく腰痛と筋肉痛に悩まされはしたが、その後の交渉事がスムーズに進むようになったのはこの時の苦労のおかげに違いない。

光博に出会ったのは、そんな悪戦苦闘の日々の最中だった。自分では意識していなかったが、仕事以外に何か自分の価値を見いだしたい、という思いがどこかにあったのかもしれない。

——麻矢さんは素敵な女性です。

何回目かのデートの時、ふいに告げられた言葉に、オキシトシンだかセロトニンだか知らないが、とにかく脳内に幸福ホルモンがドバっとあふれた。それは確かに、「仕事」では味わえない感覚だった。

今思うと、間違いなくあの時自分は「恋愛に逃げた」のだ——。

「あら、あなた」

突然掛けられた声に、顔を上げた。

七十代半ばほどだろうか、鮮やかな銀髪スタイルの見るからに上品な老婦人が、日傘を手に麻矢のことを首をかしげて見つめていた。

「日村《ひむら》様――」

思わず当時の呼び名を口にし、腰を上げた。

「やっぱりあなた。ええと……薗部さん、薗部さんね」

「はい、そうです。わあ、覚えていただいていて嬉しいです、もう十年も前のことなのに」

「忘れませんよ。今のマンションを薦めてくださった方ですもの。おかげで快適な老後を過ごさせていただいていますよ」

「本当ですか！」

「本当よ。主人とも、たまにあの頃のことを話したりするのよ。あの元気なお嬢さんにあれほど熱心に薦められなかったらこのマンションの購入は決めてなかっただろうなあ、なんて」

「旦那様もお元気なんですね」

「元気元気。今日もゴルフですよ。少し涼しくなったからなんて言っちゃって。熱中症になっても知らないからって言っても聞きやしない」

「わあ、何だか懐かしいです。日村様にお会いできて本当に嬉しいです。来て良かった」

「あら、そうそう、何であなた、こんなところにいるの？　お仕事じゃないんでしょう？」

「今日はお休みで、サイクリングに来てるんです。ちょっと遠出しようと思い出のあるこの辺りに」

「あら、そう。そんな偶然でお会いできるなんて、やっぱりご縁があるのねえ。本当に、あなたには感謝してるわ。ステキなおうちを薦めてくれて、ありがとう」

「いえそんな。こちらこそ、そう言っていただいてとても嬉しいです。ありがとうございます」

おべんちゃらでなく、心の底から嬉しかった。思わず涙腺が緩みそうになるほどに。

しばらく立ち話をして、日村夫人とは別れた。下の名前は何と言ったか。何度も書類に記した夫の名は、「日村忠則《ただのり》」と今でもフルネームで覚えていたが、夫人の方は「奥様」「日村夫人」としてしか記憶していなかったことが少し悔やまれた。

そろそろ帰ろう、とバイクに跨った。

風を切って走り出す。さっきより断然体が軽いのは、単に休憩したせいではないだろう。

今もまだ、夫人に言われた言葉が耳の奥に残っている。

――ステキなおうちを薦めてくれて、ありがとう。

十年前に日々感じていたモヤモヤとした思いが、少しばかり払拭できた気がした。「人々の暮らしを底から支える」お手伝いが、ほんの少しはできたのかもしれない。

そう思えるほど、今聞いた「ありがとう」の言葉には重みがあった。

この小さな喜びを、誰かに伝えたかった。

その「誰か」の中に、夫は入っていない。伝えたとしても、「ふうん」と気のない反応をするだけに違いない。

今日のことは、今度会った時、璃子や友里香に話そう。あれからもしょっちゅうＬＩＮＥでは互いの愚痴をぶつけ合っていたが、たまにはいいこと、嬉しかったことも話したい。

「三人組」の次の集まりは翌月の予定で、その日が今から待ち遠しかった。

しかし、実際はそれよりずっと早く、三人は集まることになった。

思いもかけない出来事が起こったことで――。

麻矢が夫より早く帰宅し、一人くつろいでいた夜のことだった。

スマホが着信を知らせた。画面には【璃子】の文字が浮かんでいる。

普段はＬＩＮＥで連絡を取っているため、電話をかけあうことはほとんどない。その時点で、急を要する案件だと分かった。

「ごめん、今電話大丈夫？　仕事中？」

電話に出ると、案の定急いた声が耳に飛び込んでくる。

「ううん、家だけど。何かあった？」

「光博さんはそばにいない？」

「うん、一人。何、どうしたの」

「今、友里香から電話があって――」

少しの間を置いて、璃子は言った。

「ガーベとケンカになって、思わず突き飛ばしちゃったんだって。そしたら倒れ込んだまま動かなくなったって」

突き飛ばした？　倒れ込んだまま動かなくなったって――。

「来てくれないかって言うの、友里香が」璃子が早口で続ける。「私はもう出るところなんだけど、麻矢も来れない？」

移動しながら話しているのか、周囲のノイズが入ってきて聞き取りにくい。状況が全く把握できなかった。

「どういうことなの、よく分かんない。倒れて意識失っちゃったってこと？　救急車は呼んだんでしょ？　私たちが行ったたって」

璃子の答えは短かった。

「救急車は呼んでない」

一瞬、言葉の意味が摑めない。救急車は呼んでいない？

まさか――。自分の声が震えるのが分かった。

「――手遅れってこと？」

「心臓は動いてるらしい。でも意識がないって」

安堵《あんど》の息が出た。良かった。じゃあ、何で。

「何で救急車呼ばないの」

「意識が戻ったら何をされるか分からないって……こんなことで離婚になったら絶対親権を取り

上げられちゃうって。ごめんタクシー乗るから。いったん切っていい？」

　ノイズが激しくなる。タクシーに乗り込んだのか、璃子が行き先を告げる声が聞こえた。友里香のマンションの住所だ。

「ちょっとまだ切らないで」慌てて告げる。「どういうこと？　全然分かんない。離婚がどうのとか言ってる場合なの？　友里香は何て言ってるの？」

「とにかく来てくれって。詳しい話は向こうに着いてからする。麻矢は無理？」

　時計を見た。八時前。普段であれば夫も帰宅している時間だが、ここのところ遅い日が続いていた。一、二時間であれば出られないわけではなかった。

　とにかくこのままではらちが明かない。

「分かった。私もすぐに出る」

「じゃあ向こうで」

　電話は切れた。

　心臓がバクバクしていた。状況は摑めないままだが、何か大変なことが起きていることだけは分かった。着替えている暇はない。とりあえず財布だけポーチに入れ、麻矢は部屋を飛び出した。

　目的地の少し手前でタクシーを止めた。何となく家の前まで付けないほうがいいような気がしたのだ。

　友里香の住まいは、都心から西の郊外に延びるＪＲの沿線にあった。閑静な住宅街にある建売を昨年購入したばかりだった。

　麻矢の友人では一軒家を購入したのは友里香が初めてだった。購入前は「家なんか買っちゃったら余計離婚しにくくなっちゃうよね」と困惑顔だった友里香も、やはり新居は自慢だったらしく、引っ越してすぐに璃子と二人を招いてくれた。ガーベは挨拶に顔を出しただけで、「余計なのがいない方が気楽でいいでしょう」と気を利かしたつもりなのか単なる言い訳か、一人出かけてしまった。

　この家を訪れるのはそれ以来だった。璃子からLINEで【チャイムは鳴らさないで　着いたらLINEで】と言われた通り、【着いた】と送る。すぐに既読になり、玄関のドアが開いた。現れたのは、友里香ではなく硬い表情の璃子だった。無言で、入るように促してくる。

　麻矢も肯きだけを返し、中に入って靴を脱いだ。

　廊下の突き当たりがリビングだった。今は閉められているそのドアを、璃子が小さく開ける。

「麻矢が来てくれた」

　中に向かって告げ、再びこちらに向かって肯く。リビングに足を踏み入れると、ソファから友里香が立ち上がるのが見えた。その青白い顔と、こちらに向かって差し出された手が小さく震えているのを見て、ただごとではないのだと改めて思い知る。

「結菜ちゃんは」

「寝てる」友里香の代わりに璃子が答えた。「何も知らずに」

「一体何が――」

麻矢の問いを遮り、璃子が「あっち」と顎をしゃくる。視線を追うと、ソファの陰から人の足が伸びているのが見えた。

思わず息をのんだ。

「こっちに来て」

璃子が促す。行きたくなかったが、仕方なくソファの向こうへと移動する。

ガーベ――友里香の夫・哲也が大の字になって倒れていた。目は閉じられていて、微動だにしない。

「大丈夫。息はしている」

璃子が落ち着いた声で言った。

「一体どういう――」

馬鹿みたいに同じことを口にしているが、仕方がない。

「ちょっとしたことで言い合いになったんだって。珍しく友里香も言い返したらしいんだけど、それでかえって向こうが激昂しちゃって、あんまりにもひどいこと言われたんで思わず突き飛ばしちゃったら――頭をテーブルに打って動かなくなったたって」

倒れている横にローテーブルがある。そこに頭を打ったのか。血は流れていない。

「脳震盪《のうしんとう》？」

「かもしれない。それか、脳出血かなにかを起こしたか」

「大変じゃない。手遅れになったら――」

ハッとした。

それを待っているのか？　手遅れになり、哲也の意識がそのまま戻らないことを？

「そんなことになったら」麻矢の声が震えた。「友里香の責任になっちゃうじゃない」

事情はともあれ、突き飛ばした結果、相手が大怪我を負ったり、ましてや亡くなってしまったりしたら。

友里香を見た。口の辺りを手で覆っていて、視線は定まっていない。

璃子が応えた。

「そうなったら、友里香が殺人犯になっちゃう」

「殺人って！」

思わず声を上げてしまい、慌てて抑える。

「この場合、不可抗力というか、正当防衛――そうよ正当防衛じゃないの？　違うの？」

再び友里香を見るが、俯いたままこちらに目を向けない。

「認められなかったら？」

璃子が言った。ぞっとするほど冷静な声だ。

「実際、私たちは普段から『夫が死んでくれればいい』って言い合ってるし、友里香はパソコンの日記や匿名でやってるＳＮＳにも残しちゃってるらしい」

ちらりと友里香に視線を送ってから続ける。

「『死ね』『死んでくれ』って」

「削除しなきゃ！」

「削除しても警察は解析できる」

警察？　解析？　一体何の話をしているのだ？　麻矢は混乱した頭で再び小さく叫んだ。

「だったらなおさら！　一刻でも早く救急車を呼ばなきゃ！」

「倒れてから一時間近く経ってる。その間通報しなかったことが後で問題になる。『未必の故意』ってやつ」

未必の故意？　何で璃子はこんなに落ち着いていられるのだ。友達が殺人犯になってしまうというのに？

「灰皿にしたのよ」

ふいに、友里香が言葉を発した。

視線を向けると、俯いたまま、続けた。

「私が大事にしてたお香皿を、灰皿にしたの……」

その唇が震えている。

「昨日の夜、会社の部下だか何だかを連れてきて、遅くまで飲んで騒いで……今朝片づけてたら、私が大事にしてたお香皿にタバコの吸い殻がいっぱい……いくら洗っても洗ってもタバコのヤニがとれないの……」

その時、気づいた。唇の震えは、怖いからじゃない。

怒りだ。

友里香は、怒りで震えているのだ――。

「私が怒って文句を言ったら、びっくりしたように、え、あれそんなに大事にしてたのか、って……何でもない顔で、汚れたらまた別なの買えばいいじゃないかって笑ったの。私が本気で怒ってるのに、あいつ、馬鹿にして笑ったのよ！」

それで、怒りのあまり、哲也のことを――。

「死ね、って突き飛ばしたの……お前なんか、死ねって！」

正当防衛なんかじゃない。

殺意を持って突き飛ばしたと。友里香はそう言っているのだ。

麻矢は、璃子の方に視線を戻した。

璃子が、低い声で言った。

「こうなったら仕方がない。痕跡を消す」

「痕跡を消す？」

思わずオウム返しにしてしまう。

「三人で協力して……」璃子が倒れている哲也の方に目をやって、言った。

「始末する」

始末――殺すということ？

全然リアリティがない、と麻矢は頭の隅で思う。まるで映画か小説――そう、そんな小説があった。普段あまり小説を読む方ではないが、誰かに薦められて手にとったら面白くて、夢中になって読んだ記憶がある。平凡な主婦だった女四人の話だ。そのうちの一人が殺してしまった夫を他の女たちが協力して後始末をするのだ。確か、男の遺体をのこぎりでバラバラに……。

「そんなことできない！」

　思わず叫んだ麻矢に、

「三人いれば、できる」

　璃子が、怖いぐらいに落ち着いた声で返した。

「のこぎりでバラバラにするわけじゃない。このままスーツケースに詰めて、どこかに運ぶ。山に埋めるか、重りを付けて海に投げ込むか。三人で力を合わせれば、何とかできる」

　冗談でしょう。璃子の顔を見つめるが、そこには笑みのかけらもない。

「その後はどうなるの」

「どうにもならない。ガーベは行方不明扱いになる。あれよ、この前言ってた『帰宅恐怖症』。家に帰らなくなっただけじゃなくて会社にも行かなくなって、そのまま失踪。大して珍しいことじゃない。捜索願《そうさくねがい》は出すにしても、大の大人がいなくなったって、警察は本気で捜査したりしない。確か七年すれば失踪宣告されて死亡扱いになるはず。保険金も遺産も遺族年金ももらえる。結菜ちゃんの『新しいパパ』はゆっくり探せばいい」

　何度も聞いた友里香のセリフ。

　ほんと、死んでくれないかしら。

友里香に顔を向けた。まさか、本気でそんなこと考えてないよね……？

友里香が、初めて麻矢のことを正面から見た。そして、その口が開く。

「お願い」

そう言って、両手を合わせた。

本気なのか――。

璃子の方を見る。小さく肯きを返してきた。

そうか。ようやく分かった。

これは、決定事項なのだ。

麻矢が到着する前に、すでに二人の間では決まっていたのだ。

「朝までは待てない」

璃子が言った。

「結菜ちゃんも起きちゃうし、死んだら腐臭《ふしゅう》がして周囲にばれる。死後硬直が起こったら三人でも運べなくなるかもしれない」

腐臭？　死後硬直？　もはや死ぬことが前提になっている――。

「ねえ」

麻矢は、最後の願いを込めて言った。

「意識が戻るのを待つことはできないの……？」

「ガーベは『死ね』っていう友里香の言葉を聞いている。意識が戻ったら、間違いなく報復が待っている。離婚されるぐらいだったらまだいい。後遺症が残ったら友里香は罪に問われる。いずれにしても、間違いなく結菜ちゃんとは一緒にいられなくなる」

友里香の顔が歪《ゆが》むのが分かった。

結菜ちゃんといられなくなる。それだけは何としても避けなくてはならない。

……結論は一つしかないのだ。

「お願い」

再び、友里香が手を合わせた。縋るような目で見つめてくる。

「私たち三人が力を合わせれば、何でもできる」

璃子がもう一度、確信に満ちた表情でその言葉を繰り返した。

「忘れてないよね、あの時のこと」

忘れているわけがなかった。

この三人を強く結びつけたあの夜のこと。

闇に浮かぶ無数の灯り。森から吹く風。固い木の扉。山道を走っていく車の振動――。

大学一年の夏、三人で経験した出来事が一気に脳裏に蘇った。


麻矢、璃子、友里香の三人の出会いは、大学で同じサークルに入会したことだった。「楽しいことは何でもやる」をモットーにイベントの企画・運営をする老舗のインターカレッジサークル。男女の比は四対六ほどで、女子の新入生も学内組だけで二十人近くいたため、麻矢たち三人もすぐに親しくなったわけではなかった。

キッカケは、夏の合宿だった。

それまで新歓コンパを始めとして何度となく催された飲み会や右も左も分からないまま駆り出されたイベント参加の経験はあったものの、新入生はまだお客さん扱いで、秋の学園祭で行うイベントの内容を決める夏の合宿はメンバーの親睦を深める最大の機会と言われていた。

軽井沢の大型別荘を二棟借り切って行われたその合宿で、麻矢たち三人は同じ班になった。もちろん互いの名前と顔は知っており話したこともあったが、深く会話を交わしたのはその時が初めてだったのだ。

しかし合宿は、全く期待外れのものになった。初めてイベントの企画に関われるとはりきった麻矢たちは、それぞれ温めていたイベントのアイディアをさらに練り、使い慣れないパワーポイントまで駆使《くし》してデザインにも凝った企画書を作成して臨んだのだったが、先輩からは「へー、上手じゃん、君たちは広報担当ね」とあしらわれただけに終わった。すでに企画は三年生の幹部たちが考えた「○○ザイルを探せ！」という、当時人気だった男性ダンスグループを模した歌とダンスを競わせる、という知恵もセンスのかけらもないものに決定していたのだ。

では何をしていたかといえば、合宿のもう一つの目的である上級生男子と下級生女子の親睦を深めるためのゲームを交えた――今思えばセクハラ＆パワハラ丸出しの――飲み会に終始していた。

「ねえ、今日の親睦会、抜けてどっかいかない？」

合宿が始まって三日目の夕方、そう切り出したのは璃子だった。毎日寝起きを共にしていたことで三人の「親睦」はかなり深まっていた。それぞれの性格や好みの違いこそあれ、サークル、特に「合宿中に後輩女子とカップルになること」しか頭にない上級生男子への深い幻滅と失望については共通していた。昨夜の親睦会が終わった後に、三人で「もうこんなサークルやめちゃおう」と気持ちを確かめあったばかりだったので、麻矢はすぐに同意した。

「うん、そうしよう！」

「でも、後で怒られない？」

やや不安気だった友里香も「どうせやめるんだから関係ないよ」と二人から説得され、最後には肯いた。

夕食を済ませてすぐに、買い物班に紛れて三人で別荘を抜け出した。途中でタクシーを拾い（友里香は「友達だけでタクシー乗るの初めてかも」と興奮気味に言っていたが、考えてみれば麻矢も同じだった）駅前の繁華街へと向かった。

観光客でごった返していた日中と異なり、人通りは少なかった。その理由はすぐに分かった。どの店も閉める時間が早いのだ。お洒落なクラブの一軒でもあるかと歩いたが、気軽に入れそうなバー一つ見つけられなかった。当時は今ほどネットに情報があふれているわけでもなく、携帯で検索してもうまく見つけられなかった。

「近くの教会で、キャンドルナイトをやってるみたい」

店の代わりに友里香が入手した情報を元に、足を運んだ。

到着すると、無数のランタンの灯りが教会を包んでいた。バイオリンの演奏やゴスペルの合唱などもあり、森から吹いてくる風が心地よかった。他の観光客と一緒に幻想的な光景と美しい歌声を堪能し、これだけで合宿を抜け出した甲斐があったね、と三人とも満足した。

どこかで何か食べて帰ろうとメインストリートに戻りかけた時だった。

「ねえ、この後行くところとか決まってる？」

掛けられた声に振り返ると、同世代に見える三人組の男たちがにこやかな笑みを浮かべ立っていた。キャンドルナイトの参加者の中に見かけた顔だとすぐに分かった。

「この時間、開いてる店少ないでしょ。俺たち、いい店見つけたんでこれから行くんだけど、良かったら一緒にどう？」

普段だったら「ナンパだ」と警戒するところだが、さっきまで幻想的な空間を共有していたという気安さが麻矢たちにもあった。

「大学生ですか？」

璃子が応じた。

「うん。三人とも二年」真ん中の短髪の男性が続けて口にしたのは、誰もが知る有名大学の名だった。「俺は政治学部で、こいつは商学部。こっちは文学部」と他の二人を紹介する。

「どんなお店に行くんですか」

「ちょっと璃子」

友里香が制しようとしたが、「お店を訊くだけよ」と璃子は意に介さない。

「ここ」

短髪の男性が携帯の画面を見せてくる。近寄って画面を覗き込んだ璃子が、「うん、なんか雰囲気のいいバー」と笑顔でこちらを振り返った。

口が「どうする？」と動いていた。友里香が不安気な顔を向けてきたが、璃子の口は続けて「行こう」と動く。ここまで来てどこにも入らないのはもったいない、と麻矢も思った。同じ学生だし、悪い人たちじゃなさそうだし……。

まだ心配そうな友里香を、「行ってみよう」と促し、璃子たちに歩み寄った。

バーは、歩いて数分のところにあった。一本脇道にそれた場所で、当てもなく歩いていても見つけられなかっただろう。がっしりとした木のドアを開けると、思ったより中は広く明るかった。空いていた奥のテーブルに席を取り、メニューを見た。入ってみればさほどかしこまった店ではなく、飲み物やつまみも値の張るものではなかった。

三人のうちの一人の男性は「運転だから」とソフトドリンクを注文していた。「元々飲めないから、気にしないで」と言われたものの最初は少し遠慮したが、飲み始めればその男が一番盛り上がっていて、いつの間にか気にならなくなっていた。

男たちと飲むのは、楽しかった。三人でアメリカへ旅行した時のことや、属しているサッカー同好会の話などを聞き、麻矢たちは今参加している合宿への不満を話した。最初は消極的だった友里香も運転手役の男と気が合ったらしく、いつしか互いに肩を叩いて笑い合っていた。

店を出た時に十一時を過ぎていたのは覚えている。携帯を見た璃子が「やばい、鬼のように着信入ってる」と笑った。その言い方がおかしくて麻矢と友里香も笑い転げた。店の会計は男たちが済ませてくれ、とても気分が良かった。

「カラオケ行かない？　少し離れてるけど、車だったらすぐだから」

二次会の誘いに、「カラオケいい！」「よし、歌うぞ！」と麻矢たちもはしゃいだ。車は六人乗りのバンだった。自然と、助手席に友里香、真ん中に璃子と短髪の男、最後部に麻矢ともう一人の男性、という座り方になった。

車の中でも最初はおしゃべりをしていたが、振動が心地よく、ついウトウトしてしまった。

「ね、ちょっとおかしくない？」

璃子の声で、麻矢は目が醒《さ》めた。

「こんな山の方にカラオケなんてないでしょ？」

体を起こし、窓の外に目をやった。真っ暗でよく見えなかったが、確かに車は登り勾配《こうばい》を走っていた。

「どこ行くつもり⁉」

「心配いらないよ、この先にあるんだって」

璃子の隣の男が宥めるように言ったが、璃子は「おかしい、ねえ、車止めて！」と小さく叫んだ。

麻矢にはまだ事態が把握できず、混乱していると、

「どうしたの！」

やはり寝ていたらしい友里香が助手席から振り返った。

「おい、やめろ、何してる！」

前の席の男が大声を出した。

「車止めて！　麻矢、友里香、降りるよ！」

ドアノブをガチャガチャさせながら璃子が叫び返す。

「璃子！」麻矢にも、ようやく何が起ころうとしているのかが分かった。

「止めて！」

麻矢の声に、友里香も「どうしたの璃子！　ねえ、ここどこ⁉」と叫び声を上げる。

「おい、やめろ！　馬鹿、何してんだ！」

前の席では、ドアを開けようとしている璃子を男が必死に押さえていた。

麻矢の隣にいた男も「よせ、危ないだろ！」と慌てて加勢する。

「ちょっと、車止めて！」

友里香が運転手の男の腕を摑み揺さぶった。

「何すんだ、危ないだろ！」

「止めてって言ってんのに！」

「分かった、止めるから手を放せ」

「おいマジでやめろ、死ぬぞ！」

ドアのロックを解除しようとする璃子を男が二人がかりで止めている。麻矢は咄嗟《とっさ》に身を乗り出し、璃子を押さえようとしている男の首に両腕を回した。そして思いっきり引っ張り上げる。

「ウグッ」

男が苦し気な声を上げげ、璃子を掴んでいた手を放した。璃子がドアロックをはずしたのと同時に車が急停止した。

「うわっ」

全員が前のめりになる。

「麻矢、友里香、降りて！」

璃子が叫びながらドアをスライドさせ、車から飛び降りた。慌てて麻矢も続く。友里香も助手席のドアを開け、飛び出してきた。

「イカレてんのか、お前ら！」

開いたドアから叫ぶ男に向かって、璃子が携帯のフラッシュをたいた。

「――大学二年、政治学部、篠崎弘毅。これ以上何かしたら訴えるからな！」

「ふざけんな、誰がお前らみたいなイカレ女に何かするか！」

言い放って男がドアを勢いよく閉めた。車が急転回し、発進する。タイヤがきしむ派手な音を残し、バンは猛スピードで走り去っていった。

しばらく、放心したように三人とも口をきかなかった。

「……大丈夫？」

璃子の言葉に、麻矢が、少し遅れて友里香が肯く。

「怖かった……死ぬかと思った……」

友里香が泣き声を上げた。

「死なないよ、もう大丈夫」

「でも危なかったねー」麻矢は安堵の息とともに言った。

「麻矢、大丈夫？　何かされなかった？」

「大丈夫。璃子のおかげで助かった」

「こっちこそ助かったよ。麻矢のヘッドロック、凄かったねぇ」

「ヘッドロック？　そんなの私、した？」

「したした、びっくりした」友里香が感嘆の声を上げる。「どこであんな技覚えたの」

「全然分かんない。咄嗟。あんなことしたの初めてよ」

本当に自分では全く覚えていなかった。体が勝手に動いていたのだ。

「ほんとに？　すっごい強かったよー」

「友里香もナイスジョブだった」璃子が褒める。「運転止めてくれて助かったよ」

「一歩間違えば危なかったけどねー」

「でも璃子が一番よ、ほんとにドア開けて飛び出そうと思ったの？」

「うん」

「ちょっと、走ってる車から飛び降りたら死んじゃうでしょ！」

「やっぱり死ぬところだったじゃんー」

友里香が再び上げた泣き声に、璃子と麻矢は思わず笑った。

ようやく緊張が解け、璃子がしみじみとした口調で言った。

「三人揃えば、怖くないね」

「うん」麻矢が肯く。

「私、こんなことができるなんて思わなかった」友里香も応じた。「三人のおかげ」

「ううん、みんなの力よ」璃子が続ける。「三人力を合わせれば、何でもできる」

「うん、できる」

「できる」

「……ところで、ここからどうしよう」

「ここどこ？」

「分かんない。とりあえず来た道戻るしかないね」

「歩くのかぁ。かなりあるよね」

「あー、すっかり酔い醒めたぁ」

揃って、笑い声を上げた。

その後、何とかして合宿地まで戻った。上級生からこってりと絞られたが、あの危機を脱した直後の三人にとっては何でもなかった。その動じない様子に同級生たちからは感嘆の目を向けられ、これをキッカケにやめるどころかサークルの中心的な役割を担うことになった。

そしてこの時、「三人組」の絆は固く結ばれたのだった——。

「三人いれば、何も怖くない」

その言葉に、我に返った。

璃子が正面から見つめていた。

分かった。麻矢は意を決した。やるしかない。

「私は何をすればいいの」

璃子の指示は早かった。「まずは口と両手足をガムテで縛って……」

言いながらテーブルの下から何か取り出そうと身をかがめる。その時。

「ひいっ」

友里香の叫び声が聞こえた。

二人で友里香を振り返る。

「目が開いてる！」

彼女が指さす方に視線を向けると——倒れている哲也の目が、開いていた。

表情に変化はない。ただ目だけが開き、ぼんやりとして視線を天井に向けている。

驚きのあまり動けないでいた麻矢に、璃子が叫ぶ。

「やるのよ、足を押さえて！」

反射的に体が動いた。

倒れている哲也に飛び付き、その足を押さえる。璃子がガムテープを引っ張り出した時、

「何してるの……？」

哲也が口を開いた。

相変わらずぼんやりとした顔を麻矢に向けてくる。

麻矢は思わず手を放し、後ずさった。

「麻矢！」璃子が叱咤《しった》するように再び叫ぶ。

「ここはどこ……？」

哲也が呟くように口にした。

そして、麻矢から璃子に顔を向ける。

「君たちは誰……？」

友里香が弾かれたように哲也へと駆け寄った。

「大丈夫⁉　私が分かる⁉」

焦点が合わないように宙をさまよっていた哲也の目が、友里香のことをとらえた。

「大丈夫？　何ともない？」

友里香を見返した哲也の表情に変化はなかった。

「君は誰……？」

友里香が驚いたように口を押さえた。

続いて哲也の口が動く。

「ここは……ここはどこ……」

3

璃子からようやくＬＩＮＥが来たのは、会議室で同僚や後輩たちと手分けをして膨大なアンケートの回答をとりまとめている最中だった。

仕事先からの連絡を装ってメッセージを確認する。

【今、話せる？】

麻矢はスマホを手にし、同僚たちには「ちょっと面倒な電話だから外でしてくる」と断って会議室を出た。

昨夜、哲也の意識が回復して救急車を呼んだ後のことは璃子に任せて麻矢は帰宅したため、「あの後」どうなったかが分からなかった。出社してからもずっと気になっていたのだ。

トイレに入り、個室の鍵を掛け、璃子に電話をした。

「ごめん、連絡遅れて」

すぐに彼女の声が聞こえてくる。

「ううん、で、その後、どう？」

「うん、外傷はなし。体の方はとりあえず問題ないって。意識も今はしっかりしてる」

「じゃあ、覚えてるの？」

昨日の晩のこと。友里香がしたこと。麻矢たちがしようとしていたこと。璃子が手にしていたガムテープ――。

「ううん、覚えてない。『逆行性健忘』っていって、交通事故とかで頭を打った人にたまにいるらしいんだけど、事故の前後からその前のことが思い出せなくなっちゃうっていう」

「じゃあ、あの時のことは全然？　友里香が突き飛ばしたことも？」

「うん、覚えてない。突然貧血で倒れて、テーブルで頭を打ったことになってる。医者も特に不審には思ってない」

「――良かった」

そうは言ったが、まだ安心はできない。

「でも、そのうち思い出すのよね」

「それが、今のところ分かんないのよね。人によっては事故の直前のことは全く思い出せなくなる人もいるみたい。さほど珍しいことじゃないらしいんだけど」

「そうなの」

そうなればいい。麻矢は心からそう思った。

「ガーベの場合は、ちょっと特殊なケースらしくて」璃子が続けた。

「特殊？」

「うん、事故の直前だけじゃなくて、その前のことまで遡《さかのぼ》って忘れちゃってるの」

「遡ってって、どれぐらい？」

「十年分ぐらいかな。友里香と結婚したこともまるまる忘れちゃってる」

「結婚したことを？」

　麻矢は思わず大きな声を出してしまいそうになり、慌てて潜める。

「じゃあ友里香のことは誰だと思ってるの。今も病院に付き添ってるんでしょう？」

「付き添ってるけど……妻だって認識がないの」

「知らない人、っていうこと？」

「まあ、そうね。もちろん友里香が説明して、結婚式の時の写真とか保険証を見せたりして、本当に『夫婦』なんだってことは理解したみたいなんだけど。友里香だけじゃなくて、結菜ちゃんもね。自分に子供がいるって聞いてびっくりしてるから」

「ほんと……」

「専門用語で『時間勾配』っていうらしいんだけど、逆行性健忘を発症した時点に近い出来事ほど思い出しにくくて、発症時点から遠い過去の出来事ほど思い出しやすいんだって。ガーベも、思い出せるのは、就職して最初の転勤をした辺りのことまでらしくて。今も大阪にいるつもりでいて、何で東京にいるのかってびっくりしてたって」

「それは――」

　確かに特殊なケースに違いない。

「これからどうなるの」

「分かんない。どれぐらいで記憶が戻るかは人それぞれで、これっていう治療法もないし、人によってはずっと戻らない人もいるらしいんだけどね……なんかね」

　璃子の口調が戸惑ったようになった。

「ガーベ、すっかり『いい人』になっちゃってるって」

「いい人？」

「うん」

「どういう意味？」

「友里香が自分の奥さんだって認識がないせいもあると思うんだけど、すごく遠慮がちで、いろいろ世話をしてもらってることに恐縮して、『すみません』とか『ありがとう』とか何かする度に言うんだって。すっかり人が変わっちゃったって」

「それは……」

「まあそれも記憶が戻るまでなんだろうけど……とりあえずもうすぐ退院するみたい。家に帰ってどうなるか、結菜ちゃんを見てどう反応するか不安もあるけど……このまま『いい人』でいてくれれば、友里香にとっては最高よね」

「そうだね」

「とりあえずそういうこと。いろいろ心配かけてごめんね」

「ううん。まあ、とりあえずは、良かった」

「うん、ほんと良かった」

そう言い合って、電話を切った。

本当に良かった。麻矢は、胸の内でもう一度呟く。

友里香のためにも。そして自分たちのためにも。

口には出さなかったが、麻矢は本当はこう言いたかったのだ。

殺さないで良かった、と――。


帰宅すると、宅配便の不在通知がドアポストに挟まれていた。今日も夫は残業らしい。荷物は、夫の実家からだった。

またか、と思う。

麻矢の親もそうだが、なぜ世の中の親は、頼んでもいないのに子供にしょっちゅう物を送ってくるのだろう。ほとんどが不在の時に送られてくるため、業者に連絡して再配達を頼まなければならない。配達時間には必ず在宅しなければならないのも負担だ。コロナが拡大していた頃は「置き配」に切り替えた配達業者も多くて助かったが、今はもう直渡しに戻っている。

再配達の連絡以上に面倒なのが、「お礼の電話」だった。麻矢としては夫の親には夫が礼を伝えてくれればいいと思うのだが、

「こういう機会に少しはそっちと話したいんだろ。俺が電話しても『麻矢さんは？』って必ず聞いてくるから」

そう言われれば「私は話したくない」とも口にできない。

生ものではないようなので、次の土曜の午前中を指定して再配達を頼んだ。

こう言っては何だが、どうせ大した物は入っていないのだ。どこかへ出かけた時の土産か貰い物のお裾分け。メインの品物の間に、自分のところで余っていたような乾き物やお菓子、缶詰などを詰め込んでくるのにも閉口する。

「そういうのは送らないでって言ってよ」と頼んでも「言ってるんだけどなあ」とぼんやりとした言葉が返ってくるだけで、相変わらず「余りものの詰め合わせ」が送られてくる。

これを受け取ったらまた電話しなきゃいけないのか。考えただけでも気が重くなる。

表面的な会話をしなければならないのも億劫だが、何よりも憂鬱なのが、「いつもの話題」だった。

「そろそろいい話を聞かせてくれるのかしら」

例えばそんな言い方で。

夫の両親が、「孫の顔を見る」のを何よりも楽しみにしているのは分かっている。彼は長男で、下に妹がいるだけ。妹の早希《さき》も三十は過ぎているはずだがまだ結婚の気配はないようで、麻矢が子供を産めば初孫になる。

「あの子ももう三十半ば過ぎだしねえ」

義母は、そんな言い方もした。息子と嫁が二つしか離れていないことは知っているのだから、この言葉は暗に自分に向けられているのだ。

はやく産め。間に合わなくなるぞ。やることやってんのか。

電話をする度に、そういった圧をひしひしと感じる。「お互い、忙しくて」などと言おうものなら「今は産休とか育休とかどこもちゃんとしてるんでしょ」などと知ったような言葉が返ってくる。

夫の母も麻矢の母も六十代前半の大学出で（麻矢の母は短大、義母は四大の違いはあるが）、新卒で就職を経験しているはずだ。しかし「男女雇用機会均等法」の施行前で、「女の就職は結婚前の腰掛け」「女性社員は花嫁候補」などと言われていた世代なのだろう。実際、二人とも結婚を機に退職したようだ。

「私たちの時代とは違って大変なのはよく分かってるけど」

口ではそんなことを言うが、今の時代に働く女が子供を産むことの困難さを心底理解しているとは思えない。初産時の年齢を考えても、不妊治療はおろか妊活すらせず「自然に子宝に恵まれた」のだろう。

麻矢と夫の場合、「自然に」子供が生まれてくることなどありえない。

「おふくろ、何だって」

「お礼の電話」を切った麻矢に、夫は必ずそう訊いてくる。やはり気になるのだろう。

「またいつもの話」

そう返すと、苦笑交じりに、「聞き流してればいいんだよ」などと何でもないように言うのだ。

その度に、喉元まで出かかる。

言ってあげようか、お義母《かあ》さんに。

やることやってないので子供なんてできません、て。

そう告げたら、彼の母親はどんな顔をするのだろう。

どういうことなの、やってないって。みっちゃん、本当なの？

そんな風に慌てて彼に電話してくるのだろうか。

あなたたち、やってないの？　私たちの時代とは違って大変なのはよく分かってるけど。

笑おうとして、その笑みが頬の辺りで固まった。

笑えない。

あの時のことを思い出すと、今でも胸の奥がつかえたような気分になる。

二年近く前のことだ。まだ一つのベッドで寝ていた頃。

結婚当初に比べて回数は減っていたとは言え、体を求め合うことはまだ普通にあった。その夜も、いつもと同じ手順で互いに高まり合い、麻矢が十分に潤ってきたところで彼が避妊具をつけ——と思った時、そのまま入ってこようとしてきたのだ。

「ちょっと」

麻矢は慌てて腰を引いた。

「つけてよ。今日、安全日でもないよ」

だが彼は、表情を変えることなく上から言い放った。

「いいんじゃないか？　そろそろ」

「——いいって何が」

「だから」

「子供のこと？」

驚いて訊くと、夫は小さく肯いた。

「ちょっと、そんな大事なこと突然、勝手に決めないでよ」

「いやそうだけどさ」夫は平然と続けた。

「そろそろって時期じゃないか？」

「何よ、その『そろそろ』って」

麻矢の表情が硬くなっているのに気づいたのか、彼は「あーあ」とわざとらしい声を出して仰向けになる。

「もういいや、そういう気分じゃなくなった」

「ちょっと何、勝手に」

「いや、だからさ」仰向けのまま、顔だけをこちらに向ける。

「結婚前に話し合ったろう？　子供は、お互いの仕事が落ち着いたら、って」

「したわよ」

「だからそろそろかな、って」

「お互いの仕事が落ち着いたら、子供のことを相談しよう、ってことでしょ？　それをいきなり――」

「それは悪かったよ、なんか今日はそういう気分でさ」

「さっきから気分気分って」

「だからもういいって。また改めてご相談します」

「そうじゃなくてさ……そもそも今、私の仕事が落ち着いてるように見える？」

その頃麻矢は、入社時から希望を出していた今の部署へと移ったばかりだった。

念願の部署に配属されたとはいえ、慣れない業務で日々テンパっていた。彼がそのことを知らないはずはない。それなのに——。

目の前の夫が、不快気な表情をこちらに向けている。

その顔を見て、ハッと気づいた。

もしかして知らないのか？

希望部署に配属されたという「事実」は知っていても、それが麻矢の中でどれほど大きな比重を占めているかを。今は少しでも仕事に集中したいことを。

夫は知らない。いや、考えたこともない——。

そんな思いを飲み込んで、努めて冷静に答えた。

「今は無理」

「じゃあ、いつだったらいいんだ」

彼の言葉には、明らかに苛立ちが滲んでいた。

そんなの分かるわけはない。それでもまだ我慢して答えた。

「もう少し。今の仕事に慣れたら」

「そんなの、十年かかるんじゃないか？」

麻矢の顔色が変わったのが分かったのだろう。彼はやや気まずい顔になり、

「じゃあその時に言ってくれ」

言い放って背を向けた。

それが、最後のセックスとなった。

その後しばらくして麻矢から誘った時、「まだ『その時』じゃないんだろう？」と夫から揶揄《やゆ》するように返されたのだ。

「何よ、子供つくる前提じゃなきゃしちゃいけないの」

「そんなこともないけどさ。もうそんながっつく年でもないだろ」

「がっつくって――」

あまりの言葉に呆然とした。

失言だと気づいたのか、「いやそういう意味じゃないけど」と言い訳するように続けたが、もう遅い。

侮辱《ぶじょく》だった。

子供をつくる気もないのに求めるのは「がっついている」ことになるのか？　麻矢はその時まだ三十二歳だった。心も体も成熟してきて、むしろこれからが豊かな性愛を交わせる年代なのではないのか？

ましてや夫――男の方は、まだまだ「したい盛り」なのではないか？　子供をつくる気になる

まで、もうセックスはしないと、本気でそう？

しかし会話を拒絶するように背中を向けている夫に、それらの言葉をぶつける気にはならなかった。

我慢できるものならすればいい。自分からは、もう誘わない。

半分意地になってそう思ってから。

夫から誘われることもなくなったのだった。

彼が性欲をどういう手段で解消しているのかは知らない。知りたくもなかった。


「薗部、例のアロマの件だけどな」

出勤してすぐに、麻矢は課長の保《ほ》坂《さか》和《かず》人《と》から呼ばれた。切り出されたのは、担当する商業ビルのブランディングに関することだった。

麻矢が現在所属する「商業・コマーシャル事業室」は、ショッピングセンターなどの商業施設を運営・管理する部署だ。都心の駅ビルや繁華街のファッションビルなどを総勢二十名の部員で担当する。女性社員は五人。うち、三人は先輩だった。

先日再オープンを迎えたビルのようなリニューアルだけでなく、開業そのものを手掛けることもある。イベントも多く、記者発表に立ち会ったりＣＭの制作にも絡んだりと、社内で最も華やかな部署と言える。

ブランディング——担当施設の価値を高め、競合施設とは違う独自の魅力や強みを確立すること――も重要な仕事の一つであり、麻矢が一番好きな分野でもあった。

大きなものでは、著名人を起用してＣＭを打ったり、ロゴを変えたりすることもそれに当たる。麻矢が得意とするのは、そこまで大がかりなものではないにしろ確実な効果を求められるもので、今回新たに提案したのが「香りのブランディング」だった。

ビルのインフォメーションカウンターやロビーにはもちろん、階段やトイレにも、その立地とイメージに相応しいアロマを配置し、ビル全体の価値を刷新する。

麻矢の提案は「さすが女性ならでは」と受け入れられ、早速準備に入った。何十種類ものアロマを選定し、社員たちにアンケートもとり、ほぼ決まり、というところまできていたのだ。

「現場からクレームがきてさ」

保坂が、何でもないような口調で告げた。

「現場」とは、そのビルを管理する子会社のことだ。麻矢も以前の部署にいた頃、出向していたことがあった。

すぐに五十がらみの男性部長の顔が浮かんだ。配属されてすぐの宴席で暗に酌を要求され、やんわり断った時から相性は良くなかった。

「どういうクレームですか？　私が直接ご説明します」

「いや、あんまりややこしいことになっても困るからさ、ここはいったん引こう」

管理業務は子会社の担当でも、ブランディングは本社の仕事だ。出向していた麻矢だからこそよく分かっている。そこにクレームをつけてくるのは現場の越権行為だ。

しかし。

「――分かりました」

そう答えるしかなかった。保坂の言う「いったん引こう」は、すなわちプロジェクトの中止を意味する。すでに彼の中では「決定事項」なのだ。

自席に戻ったところで、悔しさがこみあげてきた。

提案した時には課長だって「こういうのは僕たちには出てこない発想だなあ」などと調子のいいことを言っていたではないか。なぜ間に入って戦ってくれないのか。

今回だけではなかった。保坂のこういった対応には、何度も苦い思いを抱いてきたのだ。

決して悪い人ではない。二年ほど前に四十歳という若さで課長に抜擢された当初は、部下の意見も積極的に取り入れてくれるタイプの上司、と歓迎した。ただ何と言うか――「軽い」。

仕事に対する姿勢も、周囲への態度も。そこが一部の部下からは「親しみやすい」と人気のある所以《ゆえん》なのかもしれないし、臨機応変な姿勢こそが今の地位をもたらしたのかもしれない。

だが、麻矢には我慢ならないことが度々あった。この前の施設リニューアルの時もそうだ。

担当は麻矢でも、最終的な決定には課長の決裁が必要な場面が多々ある。

リニューアルについての記者発表が行われる前夜のことだった。代理店が作成した翌日の発表の原稿を、保坂に見せようとしてもその姿が見当たらない。ホワイトボードには判読しづらい横文字が記されていた。社員の誰に訊いてもそんなクライアントや担当施設に心当たりはなかった。

代理店からは何度も催促の連絡がきていて、その度に「すみません」「戻ってきたらすぐに」と繰り返すしかない。自分も退社できないが、代理店の担当者もその間ずっと待っているのだと思うと辛かった。

夜の九時、保坂がようやく戻ってきた。妙に整った髪型をして。

「ああ、美容院に、ちょっとな」

悪びれた様子もなく、保坂は答えた。

美容院！　あの見たこともない横文字の店名は美容院か！　記者発表を前にお洒落をしてきたというわけか！

社員たちの顔には失笑が浮かんだが、麻矢は全く笑えなかった。すぐに決裁をもらい、代理店の担当者にその旨伝えたが、もちろん「遅れた理由」を話せるわけがなかった。

「残念でしたね」

隣の席の鳥居《とりい》香奈《かな》が、慰めの言葉を掛けてきた。五歳下の彼女は、麻矢が不動産管理部門にいた頃に入社してきた後輩で、今年から商業・コマーシャル事業室に配属され、再び同じ部署で働くことになった。

小柄な体形にショートボブがよく似合い、アクティブで好奇心旺盛な香奈は、プランニング力が優れているだけでなく香水やアロマなどのフレグランスにも詳しく、今回の企画ではだいぶ助けられたのだった。アンケートのとりまとめでも一番力になってくれていた。

「今日はとことん飲みましょう！　って言いたいところなんですけど……すみませんちょっと予

定があって」

バツの悪そうな顔で言う。

「ううん、大丈夫。おつかれ」

そう答えはしたものの、今回のプランが白紙になってしまったことは想像以上にショックで、実際とことん飲みたい気分だった。が、彼女のほかに社内に軽く誘えるような相手はいない。試しに璃子にＬＩＮＥで【仕事中？　今から飲みになんて出てこれないよね】と送ってみたが、既読にならなかった。友里香には結菜ちゃんやガーベのこともあり気軽に声は掛けられない。

仕方がない、今日はこのまま帰るか……。そう諦めかけたところで、思いついた。

あの店に行ってみようか。

いつも「三人組」の集まりに利用しているバー。あそこだったら、一人でもママや常連さんたちが温かく迎えてくれるに違いない。

夫には、【今日、仕事でちょっと遅くなります】とだけＬＩＮＥを入れた。こちらも既読にはならなかったが、そのままスマホを仕舞った。

いずれにしても平日の夕食は別々に済ませることになっているから、特に問題はない。

結婚当初は、「遅くなっても夕食は二人で」「夕飯の用意は早く帰った方がする」と決めていた。家事は公平に分担、と考えたゆえではあったが、現実にはほぼ毎日、麻矢の方が帰宅時間は遅くなった。さすがに毎夜夫に食事をつくってもらうわけにもいかず、休日などに作り置きしたものを温め直してテーブルで向かい合うことにしていたのだが、結局そんな決め事も数か月と続かなかった。

「待つ方はお腹すくし、疲れてるのに無理して食事の支度をするのも無駄だよ。それぞれで済ませよう」

　麻矢が言いかねていたことを光博の方から言い出してくれて、その時は正直ほっとした。だがそれが「二人の時間」を減らしたことも間違いない。

　最初のうちは光博も麻矢の帰宅を待って会話もしていたのだが、彼は「お酒を飲みながらだらだらとおしゃべりする」タイプではなかった。どことなく儀礼的な「帰宅後の会話」が続いた後、「相手の帰りを無理に待つのはやめよう」と決めた。「ただいま」「おかえり」と挨拶を交わす以外は就寝までそれぞれ別のことをするようになり、次第に会話もなくなっていったのだった。

「いらっしゃい」

「ＦＲＥＥＤＯＭ」のドアを開けると、カウンターの中からママが思った通りの明るい声で迎えてくれた。

「こんばんは、今日はこっちでいいですか」

　いつもと違いカウンターのスツールに腰を下ろす麻矢に、「あれ今日は一人？　珍しいね」とママが応じた。

「そうなんです、誰も相手にしてくれなくてー」

　麻矢がふざけてカウンターに伏すと、

「おお、こんなにいい女を一人にするなんて。世間の男どもはダメだね」

と付き合ってくれる。

「あ、俺、喜んでお相手しますよ」

カウンターの端から、顔だけは馴染みの男性客が声を掛けてくる。

「同じく。たまには一緒に飲みましょう」

メガネをかけた隣の男性も同調した。二人とも三十代前半ぐらいか。この店の客にしては珍しくいつもスーツ姿だった。

「あんたたちじゃねえ。あ、まだ注文聞いてなかった。グラス生でいいの？」

「はい」

麻矢が答えると、

「あ、俺おごりますよ」

「じゃあ二杯目は俺で」

二人連れがほぼ同時に言う。

「いえ、そんな、いいですよ」

「ま、いいんじゃない、たまには」

ママはそう言ってから、二人連れに釘を刺した。

「でもあんたたち、人妻を生二杯ぐらいで釣れると思うなよ」

「え、結婚されてるんですか、独身だと思ってた」

「僕らとあんま変わんないですよね」

「年はそうかもしれないですね」

すらすら会話を交わせるのは、やはり「初対面」ではないせいだろう。

「いつもお友達といらっしゃってるんでお話できなかったですけど、僕、若月《わかつき》といいます」

「三島《みしま》です」とこちらはメガネの方。

「私――薗部です」

会社で使っているのと同じく、麻矢は旧姓を名乗った。

「はい、生」ママがグラスをカウンターに置く。「じゃあ乾杯でもしなさい」

「ありがとうございます、ほんとにご馳走になっていいんですか」

「もちろん」

「じゃあ、乾杯！」

「今日を生き抜いたことに！」

麻矢は思わず笑みを浮かべた。初めて話す相手でも、間違いなくこの店の「仲間」だ。

「乾杯！」

やっぱりこの店に来て良かった、と麻矢は思った。


玄関のドアをそっと開けた。たたきに夫の靴がなかったことに安堵する。リビングの明かりもついておらず、寝室からも気配は感じなかった。

ここのところ、珍しく残業が続いている。気にしたことはなかったが、今日ばかりは帰宅の遅いことがありがたかった。

洗面所で手を洗い、うがいだけすると、ダイニングに腰を下ろした。携帯を取り出すと、三人のグループＬＩＮＥに璃子からメッセージが入っていた。

【大丈夫？　ちゃんと帰った？】

すぐにリプライする。

【うん、今うちに着いたとこ】

璃子からもすぐに返事がくる。

【良かった、かなり酔ってたみたいだからちょっと心配してた】

もう一つ既読がつき、友里香からもメッセージが届いた。

【璃子から聞いた。いろいろ大変だったんだってね、おつかれさま】

可愛らしい（おつかれさま）のスタンプが送られてきて、思わず笑みが浮かぶ。

友里香には（ありがとう）のスタンプを返し、璃子には【さっきは遅くに電話しちゃってごめんね】とメッセージを送った。

【ううん、おやすみ】

友里香からも（おやすみ）のスタンプ。麻矢もスタンプを返した。

携帯を切り、やっぱり「三人組」だな、と思う。

カウンターでの「男たち」との会話は、確かにいっときの憂さ晴らしになったのだが――。

「今日を生き抜いたことに」

「明日も生き抜くぞ！　明後日《あさって》も、し明後日も！」

若月・三島と名乗った二人と、あれから何度も乾杯をした。

「薗部さん、お酒強いんですねー」

「やばい、負けそう」

その後やってきた年かさの男も含めて、カウンターの四人で杯を重ねた。

「あのステキ女子たちは何者？　って常連の中じゃ噂だったんですよ」

「うそうそー」

「いやホントですって、ね、ママ」

「まあねー」

「ママに訊いても何にも教えてくれないんですよ」

「だって、せっかく三人で秘密会議をしてるのに邪魔が入っちゃねー」

「いつもなんか盛り上がってますよね」

「え、聞いてたんですか」

「いや話は聞こえないけど、楽しそうで」

「やっぱ上司の悪口ですか。あのハゲむかつくんだよ！　ネチネチネチネチネチ嫌味ばっか言いやがって」

「それはお前だろ。恋バナですよね」

「え、人妻なのに。禁断の恋？」

「あ、一人は独身ですよ。髪の長い子、分かります？」

女友達とはまた違った会話のテンポに、麻矢の心も軽くなっていった。

「分かる分かる、やっぱなー、あの子は独身だと思ってた。俺いっちゃおうかな」

「無理無理、お前なんかはなもひっかけられないよ」

「皆さん独身ですか」

「俺たちは二人とも。こちらは所帯持ち」

「バラすなよー」

「あれ、千田《せんだ》さん、シングルの振りしようと思ってたの。下心丸出しー」

「思ってねえよ、お前と一緒にすんな」

そんなどうでもいいやり取りから、何で今日は一人なんすかと水を向けられ、仕事で面白くないことがあって、と正直に答えた。

「この仕事、向いてないんですかねぇ。希望して配属された部署なのに、今のところ楽しいことよりも辛いことや嫌なことの方が多いんですよー」

「あ、俺も！」

「だからお前と一緒にするなって」

「麻矢ちゃん、今日は全部吐き出しちゃいなよ」

「え、いいんですか」

ママの許可を得て、そこから麻矢の愚痴大会になった。

「リニューアルの時だってそうですよ。あそこまでこぎつけるのにどんだけ大変だったか。オープン期日に間に合わせるためにこっちは夜眠れなくなるほど悩んでるのに、やれ開業セレモニーの出席者をどうするか、とかって。あの人ははずせない、あの人呼ばないと面倒なことになる、いやそっちを呼ぶならこっちにも声を掛けないと……あー、ホントもうどうでもいい。ようやく決まったかと思えば『この人の控室は別につくってほしい』とか『この人が出入りする時には運搬用のエレベータは止めてほしい』とかって。倉庫の配分でも揉めに揉めて。不満やクレームの矛先はすべて私なのに、課長、全部私がやりましたみたいな顔して、役員たちに『よくやった』とか肩叩かれちゃって。私、横にいるのに紹介すらしてくれないんですよ。それに……」

「よっし、嫌なことは飲んで忘れましょう！」

若月の威勢のいい声に、麻矢の話は途中で遮られた。

「もう一度乾杯だ！」三島も調子を合わせる。「薗部さんの健闘を祈って」

「おし、俺ボトル開けるぞ、ママ！」

千田が声を上げた。

「ていうかもうボトル空だからね」

「そこはシャンパンって言えないかね」

「うーシャンパンシャンパンシャンパンパン、それは無理だじゃぱーん！」

「何それオヤジギャグ？」

「千田さんのニューボトルみんなで飲んじゃえ！」

結局この人たちは、自分の話を肴にしてバカ騒ぎをするのが目的なのだ。そう悟って、麻矢の気持ちは醒めた。

店を出て携帯を見た時に璃子から着信があったのに気づき、通りの喧騒から離れて電話をした。

「バタバタしててＬＩＮＥ気づかなくてごめんね。今どこ？」

璃子の声を聞き、安堵が広がった。

「一人で『ＦＲＥＥＤＯＭ』に飲みに来たんだけど……」

酔っていたこともあり、店で聞いてもらえなかった愚痴の続きを吐き出した。

「……あー、聞いてもらってすっきりした。遅くにくだらないこと長々とごめんね」

全て話し終えて詫びを言ったところで、電話の向こうから璃子の真剣な声が聞こえた。

「正念場だね」

「え？」

「それは麻矢、正念場よ。ここで負けちゃうか、それとも、さらに前に出て戦うか」

冷蔵庫からミネラルウォーターを取り出し、グラスに注いで一気に飲んだ。

アルコールの回った頭にも、璃子の言葉は深く突き刺さった。

璃子の言う通り、今が正念場なのだ、と麻矢は思う。

これからが勝負なのだ。だから。

耳の奥であの声が再生される。

——いいんじゃないか？　そろそろ。

その夫の言葉の軽さに、耐えられなかった。

義母と同じだ。夫もまた、何も分かっていないのだ。

妊娠すればもちろん、いや本格的な妊活を始めようとする時点で、仕事はセーブせざるを得ない。毎日残業、時には帰宅が夜半近くになる今のペースで仕事をするのは無理だ。場合によっては配置換えも申請しなくてはならない。そしていざ出産となれば、産休、育休とかなりの期間休業することになる。もちろん時期がくれば復職するつもりではいるが、同じ椅子が空いていると は限らない。先輩女性社員たちのケースを見れば明らかだ。いずれにしても一定のキャリアは失われる。

それじゃあ子供を産むことは諦めて、バリキャリを目指すのか。

そこまでの覚悟は、正直言って、なかった。バリキャリの道を歩む上司、先輩社員の姿は何人も見てきた。初めての女性役員候補と言われている他の部署の部長は五十歳を過ぎても独身を貫き、エースとされている女性社員も結婚はしているものの子供はいない。立派だとは思うが、麻矢はそういう生き方を目指しているわけではなかった。

仕事もバリバリやるが、子供もつくり、「幸せな家庭」を築きたい。

それは、あまりにも都合のいいことなのだろうか。いや、それを両立している女性は、世の中にごまんといるはずだ。

彼女たちと自分との違いは何なのか。

……夫の協力。家族の理解。

結局はそこに行きついてしまう。

もしも結婚した相手が妻の仕事に理解があり、協力的であったなら、自分はもっと早く子供を産んでいたかもしれない。

いや、そうじゃない、と今の考えを打ち消す。

協力とか理解とか、そういうこと以前に。

この人の子供を産みたい。

無条件にそう思える相手だったら。

夫は――光博は、自分にとってそういう相手ではなかったのだ。

気づくと、ダイニングテーブルで携帯が震えていた。

手に取って見ると、【母】という文字が浮かんでいる。こんな時間に母の寿美子《すみこ》から電話が掛かってくるのは珍しい。何事かと思いながら通話ボタンを押した。

「もしもし」

「あ、麻矢？　遅くにごめんなさいね。今電話大丈夫？」

「うん。どした」

「真人《まさと》伯父さん、亡くなった。さっき涼子《りょうこ》さんから電話があって」

「――あ、そうなの」

真人伯父さんとは母の六つ上のお兄さんで、一年以上肺がんで闘病生活を送っており、もう長くないと聞いていたのだった。

それにしても今の反応は素っ気なさすぎたかと気にしたが、母の方も、

「うん、結構もってくれたけどね」

とさばさばした声だった。

「明日通夜で、明後日が告別式なんだけど、あんたたち、来れる？　身内だけの少人数でやるみたいだから無理しなくていいけど」

麻矢はしばし思案した。

香りのブランディングが中止になってしまったから、急ぎの案件はない。定時に出られれば通夜は大丈夫だろう。明後日はたまった有給休暇を消化すればいい。ついでに二、三日休みを取ろうかと考えた。

「私は大丈夫」と答える。「彼には聞いてみる」

「うん。光博さんには無理しなくていいから、って言っといて」

電話を切って、もし夫も行くと行ったら、と考えて少し憂鬱になる。行き帰り、二人だけで何を話せばいいのだろう。二人揃って出かけたことなど、もう一年以上ない。

そもそも、彼は出不精だった。友人たちに「陰キャのオタクですから」と自己紹介したのは、自嘲もあったとはいえ、嘘ではない。家で映画を観たりゲームをしたりＳＮＳを眺めていたりす

るのが好きなのだ。

それでも交際中や結婚した当初は、休日には二人して出かけていた。自分の好みばかり押し付けてはいけないと、光博の趣味ジャンルである小難しい映画や古本屋巡りに付き合ったし、よく分からない外国の作家の講演会に行ったこともある。外食も月に何度かはしていた。

そう、「丸多」にも何度か行った。大将と娘さんは変わらぬ態度で迎えてくれたが、初めて二人で行った時のような幸福感は、もうそこにはなかった。

店が変わったのではない。自分たちが変わったのだ。

光博のお椀には味のしみ込んだ大根の姿はなく、練り物ばかりが入っていた。その頃には麻矢も、彼が本当は大根が好きではないことを知っていた。

「疲れてるから」「休みの日ぐらい家でゆっくりしたい」休日の度に彼がそう口にするようになり、二人で外出する機会は少しずつ減っていった。

麻矢も、それで良かった。いやその方が良かった。一人の方が気軽にどこへでも行ける。気を遣う必要もないし、会話に困ることもない。

二人で出かけて一番困るのは、道中、会話を交わすべき話題が見つからないことだった。麻矢は結婚してしばらくして、そのことに気づいた。

家の中であれば、話題がなくとも特に困らなかった。テレビや音楽もあったし、用事がなければ寝室に消えることもできた。

だが、外に出かけた時に会話がないと、間が持たない。時折スマホを取り出し何かを確認する振りなどをしたが、さすがに一人の時のように始終スマホを眺めているわけにはいかない。

今まではどうしていたのだろう。

麻矢はそこでようやく、「それまでの男たち」とは会話がさほど必要ではなかったことに思い当たった。移動は大抵の場合相手が運転する車で、音楽を聴いたり景色を眺めたりしていれば良かった。出かける先はスポーツ施設やイベント会場。夜は食事とセックス。会話がなくとも成立する時間ばかりを過ごしていたのだ。

光博と長い時間を二人だけで過ごすことになった時、初めて麻矢は彼との間に「共通言語」がないことに気づいた。

「異業種合コン」で出会い、「知らないけど新鮮」と感じたこと、「タイプが違うから成長できる」と思ったこと、それらがすべて幻想であったことを麻矢は思い知ることになったのだ。

関心を持つ事柄。感銘を受ける出来事。意見。感覚。受け止め方。面白いと思うこと。嫌だと感じること。

全てがまるで違い、「共感し合う」場面がほとんどなかった。

そのことに、少しずつ不満を抱くようになった。

言葉を交わさなくても、いや言葉を交わさないからなのか、彼の言動一つ一つに不快感を覚えるようになったのだ。

一人部屋に閉じこもって出てこないこと。

意味もなくつく大きなため息。

自分で気づいていないのだろう、時折呟く独り言。

シンクにたまった汚れた皿。脱ぎっぱなしのシャツや靴下。洗面所に残されたヒゲの剃りカスを見ると嫌悪が走った。

全身から発する、負のエネルギー。仕事で疲れているのは分かるが、それは自分も同じだ。そばにいると、自分の「元気」も吸い取られるような気がした。

出会った頃は違った。そんなことは気にならなかったし、思っても目をつぶっていた。

自分たちだけじゃない。ほとんどの男女が、付き合い始めの頃は相手の良いところしか見ない。

恋は盲目というが、実際は「見えない」のではなく「見ようとしない」のだ。交際が深まるにつれ、「あれ、最初に思ったのとちょっと違うな」と気づくが、その時はすでに相手のことが好きになってしまっている。「恋愛という非日常」の中では、その「違和感」はとるに足らないことに映る。

だが結婚し、「生活という日常」になった時、その違和感は無視できなくなる。毎日相手と接することで、交際時には気づかなかった欠点や、嫌なところがさらに見えてくる。

いつも黙って話を聞いてくれていたのは、元々こちらの話に興味がなかったから。

理路整然とした話し方は、ただ理屈っぽいだけ。

物静かな態度は覇気のなさ。

男同士群れないのは単に友達が少ないから。

美点に思えたことはことごとく反転する。

それらの不満や不快を指摘し、改めてもらおうとしたこともあった。だが、当然相手は「何を今さら」といった反応をする。元々の性格であり、変えようがない。そんなことを言うなら自分だって。

そう、相手だってもちろん同じだ。こちらへの不満を口にし、欠点を指摘する。そうやって夫婦関係はどんどんギスギスしてくる。

ならばもう、何も言わないほうがいい。

いつの間にか、そう思うようになっていた。

向かい合えば互いの不満をぶつけあうことになる。言い合いはエスカレートし、「離婚」を口にするところまで行きついてしまうかもしれない。

もし離婚することになったら、と想像してみる。

親に何と言われるか。会社の人間からどんな視線を向けられるか。考えただけで憂鬱になった。

それらを乗り越えたとして——独り身の気軽さと引き換えに待っている「現実」は重い。

同じ「独身」といっても、結婚する前より四つも五つも年を取ってしまっているのだ。

これからまた誰かと出会い、ひょっとして結ばれることがあったとしても、早くて数年後だろう。

今離婚したら、子供はもう、諦めなければならないかもしれない……。

なぜ、と麻矢は唇をかみしめた。

なぜこんなに不公平なのだろう。

再び璃子の声が蘇る。

——正念場よ。ここで負けちゃうか、それとも、さらに前に出て戦うか。

負けたくない、と思った。

仕事で、ではない。女というだけで理不尽な思いをしなければならない今の世の中に——。

4

沖縄の南方で発生した台風が本州に接近中、と天気予報が伝えていた。有休期間中は実家に泊まるつもりだったが、予報次第では早めに戻って来ようか。そう考えながら麻矢は家を出た。

仕事を終えて都下の斎場に向かう。光博にも伝えたが、「悪いけど仕事で行けない」という返事だった。

真人伯父の通夜は、近しい親族だけ、参列者二十名にも満たないこじんまりとしたものになった。電話では感情を見せなかった母の寿美子も、通夜の席では未亡人となった涼子伯母と手を取りあって涙を流していた。三人きょうだいのうち女は末っ子の母だけで、年が離れていたこともあって長男の真人伯父には可愛がられ、母の方も幼い頃から慕っていたというから、「覚悟していた」といっても悲しみは深いのだろう。

兄を慕う。麻矢にはその気持ちが全く理解できない。

実は麻矢にも、今はこの場にいない康明《やすあき》という四つ上の兄がいる。子供の頃から出来が良く、両親から溺愛されて育ち、中高一貫の名門私立校から有名私大に進み、誰もがその名を知る一流企業へと就職しながら、今は引きこもりのニートとなって自室からほとんど出ようとしない薗部家の長男。

幼少期から今に至るまで、麻矢はこの兄を「慕った」ことは一度もなかった。


通夜を終え、両親と一緒に実家に帰った。

隣町は埼玉県というギリギリ都内に、定年まで商事会社に勤めていた父の兼人《かねと》がバブル末期に購入した一軒家だ。麻矢が生まれ育ったこの家に寄るのは、正月以来だった。斎場からはタクシーを使ったが、電車でも急行に乗れば都心のターミナル駅から四十分ほどで着く。いつでも帰ることのできる距離だが、就職してからは、盆と正月以外に立ち寄ることはほとんどなかった。特にコロナ禍以降はなおさらだ。

三人が帰宅しても、康明は部屋からは出てこない。母が帰った旨を告げて、夕食は済ませたかなどと尋ねているようだったが、麻矢は「ドア越しに挨拶」をしにいく気は毛頭なかった。

翌日も午前中から告別式があるので順番に風呂に入って早めに休もうということになり、兼人が入浴している間、麻矢と寿美子は着替えを済ませ、リビングに腰を落ち着けた。

「お茶でも飲む？」

今座ったと思った寿美子が、すぐに立ち上がってキッチンに向かう。そういった仕草に懐かしさを覚えながら、

「私がやろうか？」

と麻矢も立ち上がった。

「いいわよ、何がどこにあるかも分かんないでしょ」

言われれば、確かにその通りだった。麻矢が暮らしていた十数年前とは部屋の仕様も物の配置もかなり変わっている。

もうここは「自分の家」ではないのだ。そう思うと、少し寂しさを覚えた。

リビングに戻り、母が淹れたお茶を二人で啜った。風呂場からカランカラン、と父が桶を使う音がかすかに聞こえてくる。

「ミナちゃんのところの長女、来年中学だって、びっくり」「あんたの部屋に残ってる服、あれ持ってかない？」などと何でもない会話を交わしているうちに、伯父の葬儀で来ていることなど忘れてしまいそうになる。

「――兄貴、最近どうなの」

全く触れないのも不自然かと思い、さりげなく尋ねた。

「ああ……」

それまで饒舌《じょうぜつ》だった母の口が、さすがに少し重くなった。

「相変わらずよ。そろそろねえ、仕事も探してもらわないといけないんだけど」

嘆いているようで、口調にどこか楽観的な響きを感じた。成長するにつれてなくなっていた「子供の世話を焼く」ことに、楽しんでいるとまでは言わないが活力を得ているような気配さえある。

お兄ちゃんだからよね、と麻矢は思う。もし自分が同じような状況になったら。

いくつになったと思ってるの。いい加減にしなさい。いつまで親に甘えているつもり！

叱咤され、突き放されるに違いない。

それほど両親——特に母は、昔から兄に甘かった。子供の頃から、お兄ちゃんは、お兄ちゃんが、といつも比べられ、差を付けられ、妹は兄を立てなければならないと命じられてきた。もしかしたら、そうやって甘やかされて育ったツケが、社会人になって回ってきたのかもしれない。でもそんなこと、麻矢には知ったことではなかった。

この家の中では何でも許される。暴君のように振る舞っていいのだ。兄にそう勘違いさせたのは、間違いなく両親の誤った育て方のせいだ。

「あんたはどうなの」

母の声で我に返る。

「え？」

「光博さんとは仲良くしてるの。あんたたちもそう若くないんだし、そろそろ、考えた方がいいんじゃないの」

「またその話……」

「またって、滅多にうちに寄らないんだから」

さっきまでは、そんな話をするつもりはなかった。母の態度に、何となく意地悪な気持ちが湧いてきたのだ。

こんな家で育った娘が、簡単に幸せな家庭が築けるわけはないじゃないか。そんな事実を突きつけてやりたい気持ちが。

「お母さんたちはどうなの」

「ん？」

「お母さんはさ、お父さんと離婚したいとか考えたことないの？　ケンカした時に一瞬だけとかじゃなく、真剣に」

　寿美子は眉をひそめた。

「何でそんなこと急に訊くの」

「別に。何となく」

「何となくって……」眉間の皺が深くなる。「ちょっとあんた、光博さんと」

「違うよ」努めて平静に答える。「私のことじゃなくて、お母さんのことよ」

　それでも疑わし気に麻矢のことを見ていた寿美子だったが、表情を戻すと、

「あるわよ」

　と何でもないように言った。

「え」驚いたのは麻矢の方だ。「ほんとに？　いつぐらいのこと？」

「あんたたちがまだ小さい時ね……康明は小学校に上がってたと思うけど、あんたはまだ幼稚園の頃じゃないかな」

「ほんとに……びっくりした」

「何で驚くのよ。自分で訊いといて」母が苦笑する。

「だって、すっごい意外だもの。お母さんがそんなこと考えたことあるなんて思わなかったし……私が幼稚園の頃？　正直ほとんど覚えてないけど、お父さんとお母さんがそんな仲悪かった記憶なんてない」

「そりゃ子供の前ではね」

「何があったの？　言えない？」

「言えないっていうか……そんなに大したことがあったわけじゃないから。ただ……その頃いろいろなことが重なって。そうした方がいいのかな、とかちょっとね」

「お父さんに言ったの」

「言わないわよ」母が再び苦笑する。

「じゃあお父さん、今でも知らないんだ。お母さんがそんなこと考えてたこと」

「でしょうね。知ったらびっくりするわよ」

「そうなんだー。お母さんがねー……ほんと意外……お母さんとお父さんが言い合いをしてるところだって見たことなかったものねえ」

「だから、子供たちの前では見せなかったんだって」

「そうなのかぁ……」

「ねえ、ちょっと麻矢」

　ふいに、母が真顔になった。

「何があったか知らないけど、簡単に『離婚』なんて口にしちゃダメよ。その前にちゃんと話し合いなさい、二人で」

「だから何もないって」

「だったらいいけど……今ぐらいってお互いにいろいろアラが見えてくる時期かもしれないけど。そのうちどうでもよくなるから」

「どうでもよくなるって」

　今度は麻矢の方が苦笑を返す。

「ほんとだから。子供ができたらもう毎日しっちゃかめっちゃかになって、毎日が戦場で。旦那がどうしたなんて本当にどうでもよくなるから。そうこうしてるうちに子供もいつの間にか成長して、楽しいことも増えて。悩みも増えるけどね。その頃にはもう本当に今思ってることなんて気にも留めなくなるから」

　風呂場のドアが開く音がした。

「出たぞー、次、どうぞ」

　父の呑気な声が聞こえる。

「はーい、麻矢、入っちゃいなさい」

「うん……」

　答えて立ち上がりはしたが、まだ今の会話が頭から離れない。

　すべてが、初めて聞く話だった。

　ずっと夫婦円満、とまでは言えなくても、両親がケンカをしているところも、母が父に不満を口にしたことも、見聞きした覚えがなかった。

その母が、「離婚」を考えたことがある。

そのことももちろん驚きだったが、それ以上に考え込んでしまったのは、続いた母の言葉だった。

——そのうちどうでもよくなるから。

——その頃にはもう本当に今思ってることなんて気にも留めなくなるから。

そうなのだろうか？　いや本当にそうだとして、それは「いいこと」なのだろうか。

いつか子供ができ、子供中心の「家族」になるとしても、「夫婦」として「どうでもいい」関係をその後何十年も続けていくなんて……。

だったらなぜ母は、自分の結婚をあんなに喜び、祝ってくれたのだろう。

いや、母だけじゃない。他のみんなも。

独身の友人たちはともかく、既婚の親戚・知人——誰も、こんな話をしてくれなかった。

誰もが、結婚前にはいいことしか言わない。

結婚した後に、激しい孤独や、生活の虚しさや、将来への不安を抱えることなんて。

みんな知っていたはずなのに。経験していたはずなのに。

夫婦生活なんて、そういうものだから？

みんな同じだから？

そういうものを乗り越えて「家族」になる？

そうやって結婚生活に不満を抱え「こんなはずじゃなかった」と思いながらも我慢する。それが、本当に「幸せ」？

もしかしたら、と思う。

そんなところに本当の幸せなんかないと気づいた人たちが、「非婚」や「子供を持たない」という選択を始めているんじゃないだろうか。

自分だって。もし結婚前に今と同じ話を母から聞いたとしたら、結婚にためらいを感じたんじゃないだろうか。

なぜもっと早く言ってくれなかったのか。もう遅い――。

そう思った時、ふいに、日傘をさした老婦人の姿が浮かんだ。

この前、ばったり再会した日村夫人の優雅なほほ笑みが。

――主人とも、たまにあの頃のことを話したりするのよ。あの元気なお嬢さんにあれほど熱心に薦められなかったらこのマンションの購入は決めてなかっただろうなあ、なんて。

購入を薦めていた頃、いつも仲良さそうに寄り添っていた夫妻の姿が蘇る。

――本当に、あなたには感謝してるわ。ステキなおうちを薦めてくれて、ありがとう。

時が経てば、自分もあんな風に穏やかな笑みを浮かべることができるのだろうか。

いつかは、本当にすべて「どうでもいいこと」になり、夫婦二人で残りの人生を過ごすことができるのだろうか。

「今」を乗り越えさえすれば――。

「ただいま」

自宅の玄関のドアを開けながら一応声に出してはみるが、平日の昼間だ、もちろん返ってくる声はない。

玄関先に立ったまま、服についた水滴をハンカチで払った。台風は予報より速く進んでいるようで、今朝から降り始めた雨は午後になって強い風を伴うようになっていた。

リビングで部屋着に着替えてから、喪服を手に寝室に入った。

雨が降りだす前に半日ほど日陰干しをしたから、クリーニングに出さなくてもいいだろう。

クローゼットを開ける。ハンガーラックに喪服を掛けようとして、奥にベッドシーツがくしゃくしゃのまま放り込まれているのが見えた。

喪服を取りだした時にはなかったから、昨日か今朝かに夫がシーツを替えたのだろう。洗濯する時間がなかったのかもしれないが、なぜこんなところに押し込むのか、と呆れながら手に取った。

シーツを両手で抱えたところで、気づいた。

何かの香りがする。

洗剤とかの匂いじゃない。これは——。

鼻を近づけ、確かめる。

間違いない、香水の匂いだ。

光博はもちろん、そんなものはつけない。

まさか……？

半信半疑で、もう一度鼻を近づける。やはり間違いない。

移り香――。

夫の体から同じ匂いを嗅いだ覚えはなかったが、最近はそこまで近づくこともないから何とも言えなかった。

ここのところ遅い日が続いていたのは、今までになく女性が接客する店にでも通っていたのか。

だが、それだけで香りが移るだろうか？　接客業の女性は、そういうことのないよう気を付けるのではないか？

相手がわざとつけた、可能性もある。

妻帯者だと知った上で、嫌がらせとまで言わないまでも、いたずら半分で。

一番可能性があるのは、もっと直接的に肌を触れあったということだ。

スナックやキャバクラなどではなく、性風俗的な？

いや、と思い直す。その場合はシャワーを浴びるなりなんなりして相手の香りを消そうとするものだろう。シャワーも浴びずに帰ってきてそのまま寝るなんてことがあるだろうか。

想像は、どんどん悪い方に広がっていく。

そもそも、ベッドのシーツに香りが移る、とはどういう状況か。

一番想像したくないことだったが、それしか考えられない。

このベッドで寝た？

自分が不在だった昨晩、女を部屋に入れ、このベッドの上で——。

もしそれが事実だとしたら。

麻矢は、この時初めて心の奥からその思いを抱いた。

そんなことをするような奴なら、マジで、死んでほしい。

背後で、どぅおん、と激しい音がした。勢いを増した風と雨が、窓に叩きつけている。

怒りに任せてシーツをクローゼットの中に押し戻した時、ふと気づいた。

これと同じ香りを、どこかで嗅いだ気がする。

街中やお店でとかじゃなく。

身近な相手から——。


「許せないね」

麻矢の話を聞き終えた璃子が、言った。静かな口調の中に、怒りがにじんでいる。

台風一過の「ＦＲＥＥＤＯＭ」の指定席。三人が顔を揃えるのは「あの時」以来だ。璃子に【ちょっと会えない？】と詳細は記さずＬＩＮＥを送ったところ、何か察したのか、【友里香も呼ぼう】となったのだった。

「うん、許せない！」

友里香も、憤懣《ふんまん》やるかたない、といった様子で同調する。

「ありがとう。聞いてもらっただけでもちょっと楽になった」

麻矢は笑みを浮かべそう応えたが、

「ダメ」

と璃子が首を振った。

「このままにしちゃ絶対ダメよ」

「このままにする気はないけど……」

とは言ったものの、じゃあどうするか、までは決めてはいなかった。

夫に事実を確かめる。

問い詰めて白状させる。

そこで交わされるであろう会話を想像しただけで憂鬱になった。

「考えたくないのは分かるよ」

友里香が慰めるように口にする。

「うん……」

麻矢の様子を眺めていた璃子が、「じゃあ」と言った。

「私たちでやろうか」

「え？」

「麻矢の代わりに、私と友里香で確かめる」

「どうやって？」友里香が疑わし気な顔を向けた。

「まずは光博さんに直接訊いてみる」

「否定したら？　間違いなく否定するよね、きっと」友里香が不快そうな声を出す。

麻矢もそう思った。

「その時の態度で嘘かホントか分かるんじゃない？」璃子は何でもないように答える。

「でも確証がないと」

「……誰かに調べさせるか」

「誰かって——興信所？」

友里香の言葉に、璃子は無言で肯いた。彼女は「経験者」だ。

離婚騒ぎの時、例の弁護士に「向こうに不貞の証拠があれば慰謝料の請求交渉も格段に有利に進められる」と言われ、興信所を使ったと聞いていた。それなりに値は張ったようだがかなり腕のいい調査員だったらしく、元夫の浮気の証拠を確実に摑んだのだ。

「でも、それでもし確証が摑めたら……麻矢、どうするの？」

友里香が麻矢の方を向いた。

「離婚する覚悟はある？」

その言葉が思いのほか強く響き、麻矢は思わず周囲を見回した。

「あ、ごめん」

友里香も慌てて声を潜める。

近くのテーブルに客の姿はなかった。音楽も流れているから、カウンターまでこちらの声は届いていないだろう。

「……分からない」

麻矢は正直に答えた。

「そうよねえ……そんな簡単にはいかないよねえ……」

友里香が寄りそうように言う。

「まあまだ事実と決まったわけじゃないし。もうちょっと様子見る」

わざと明るい声を出した。

「何も確かめないってこと？」

これも返答に困った。今日は、とにかく二人に話を聞いてもらいたかったのだ。そこから先のことは、今は考えられない。

「とにかく何でも協力するからね、私たちは」

璃子が「ね」と友里香に同意を求める。

「うん、協力する。この前の恩は忘れない」

「恩なんて」

「そう、恩とか関係ない。この中の誰かが困ったら全力で協力する。三人で協力し合えば何とかなる」

「そう」友里香も肯く。「三人いれば、何も怖くない」

「この前は」璃子が低い声で言った。

「突然のことで何の準備もできなかった。あのまま実行してもどこかで破綻《はたん》していたかもしれない。でも用意周到にすれば――」

「ちょっと待って。何の話」

慌てて遮った。

「私、そんなこと言ってないよ」

璃子が言う「この前」とは、ガーベが昏倒した時のことに違いない。

――こうなったら仕方がない。痕跡を消す。

――三人で協力して……始末する。

もちろん、考えていない。仮に夫の行為が事実だったとしても、そこまでは――。

いや。

そんなことをするような奴なら、マジで、死んでほしい。

あの時沸き上がった思いは、本物だった。

「でも、離婚するとなったら、かなり面倒よ」

璃子の言葉で、現実に引き戻される。

「……そうよね」

「相手が承知しなかったらなおさらね」

経験者の彼女が言うと説得力があった。

「そんな手間かけずに、いなくなってくれれば言うことないわよねぇ」

璃子が続けた。

「あるいは友里香の時みたいに、全くの別人になってくれれば……」

友里香が隣で肯く。

「哲也さん、そのままなの？」麻矢は尋ねた。「今でも何も思い出さず？」

自分のことで頭が一杯で、その件について尋ねるのを忘れていた。

もし哲也が全てを思い出したら、大変なことになるのだ。友里香だけじゃない。麻矢たちだって。

麻矢の心配をよそに、友里香が「うん」とあっさり肯いた。

「相変わらず。記憶は十年ぐらい前で止まったまま」

「でも今は友里香と結婚してることは納得してるんでしょ？　結菜ちゃんのことも」

「うん。自分の奥さんと子供、ということは受け入れてる。前より結菜を可愛がってるぐらい。今日も『僕がみてるからゆっくりしてきていいよ』って」

あのガーベが……。本当にまるで別人だ。

「この前も、ちょっと友達と夜、ご飯食べに行ってきたの。前はそんなの絶対に無理だったから」

友達――友里香に自分たち以外にご飯を食べるような友達がいたのか、と少し意外に思った。

「仕事の方はどうなの？」璃子が訊いた。「そっちも問題ないの？」

「うん、最初は大変だったみたいだけど……幸い、今は転勤前と同じ部署に戻ってて仕事内容は変わらないから。内勤で外の人とあまり接することもないから、何とかなってるみたい」

「それはほんとに……良かったね」

「ほんと、嘘みたいに……今は仲良くやってる」

友里香が小さく笑みを浮かべる。

その表情に、麻矢は艶《つや》めいたものを感じた。

「夫婦生活」も復活したということか。

ガーベとのセックス——夫婦なんだから当たり前だろうと、自分の気分と欲望だけで一方的に求めてくるその行為を、あんなに嫌がっていたのに。

「人が変わったよう」になると、もしかしてセックスも変わるのか。

初めて麻矢は、友里香のことを少しだけ羨ましい、と感じた。

「ねえ」

ふいに、友里香が言った。

「さっきからあの人たち、こっちチラチラ見てくるけど何だろう」

「え?」

視線を追うと、カウンターから三人の男たちがこちらの方を見ていた。

いつだったか麻矢の愚痴に付き合ってもらった——若月に三島、もう一人は千田といったか。

目が合うと、若月がひらひらと手を振ってくる。

仕方なく麻矢も会釈を返した。

「ちょっと、手ぇ振ってるよ」

友里香が驚いたように言う。

「麻矢、知ってるの？」

「うん……この前、一人で来た時に一緒に飲んだ人たち」

「ああ、あの時」

璃子が納得したように肯く。

「麻矢が酔っ払って電話してきたっていう時？」

友里香も分かったようだ。

自分たちの話をしていると察したのか、若月が立ち上がって近寄ってきた。

「この間はどうも」

愛想良く声を掛けてくるのに応えないわけにもいかない。

「いつかはご馳走になっちゃってすみません」

頭を下げると、若月は笑顔で「良かったら、今日もご一緒しませんか」と続ける。

麻矢は、困った顔を璃子に向けた。璃子が友里香のことを見る。友里香は若月に気づかれないように顔をしかめていた。

「すみません。今日はちょっと大事な話をしてるので」

麻矢の代わりに璃子が答えると、

「あ、そうですか。すみません」

若月は素直に引き下がった。

「また今度」

璃子が愛想の良い声で言う。

「はい、今度、是非」

若月は頭をかきながらカウンターに戻って行った。三島や千田から「はい、アウトー」などと冷やかされているのが聞こえた。

「感じ良さそうな人たちじゃない」

璃子が小さく笑みを浮かべる。

「うん、そうなんだけどね……」

「さ、飲み直そう」友里香が言った。「何の話してたんだっけ」

「ガーベがすっかりいい人になったって話よ」璃子が答える。

「違う、麻矢の話でしょう。離婚するとなったらそれはそれで大変だって」

「友里香が羨ましいって話よ」

麻矢は、正直に言った。

「ガーベみたいに全くの別人になってくれるか、じゃなければある日突然いなくなってくれないかな……」

「記憶喪失になる薬とか、あればいいのにね」友里香が調子を合わせる。

「あるかもしれないよ、亮介に訊いてみようか」

璃子がボーイフレンドである医師の名を出した。

「あ、いいそれ」友里香が言った。「麻矢のために訊いてあげて」

「分かった。訊いてみる」

たわいない会話だったが、二人と話していると気持ちが落ち着いてくるのを麻矢は感じた。


翌日の仕事帰り、璃子から携帯に電話が掛かってきた。

電車の中で受信したので、いったん切って次の駅で下車してホームで折り返す。

「亮介に聞いてみたんだけど」前置きもなく璃子が言った。「人為的に記憶障害だけを起こすような方法はやっぱりないって」

「え、本当に訊いたの？」

驚いて問い返した。まさか、あの友里香の戯言《ざれごと》を本気にするとは。

「もちろん麻矢のことは話してないから。そういった設定のミステリー小説の書評書くことになったんだけど、実際のところはどうなのって訊き方したから」

「それにしたって――」

変に思わなかったのだろうか。璃子にベタ惚れの年下の医師は、「僕にできることがあれば」と何でも言うことを聞いてくれるとは言うが。

彼女は全く意に介した様子もなく続ける。

「ある種の薬物を投与すれば記憶障害を起こすことはできるかもしれないけど、他にも脳に打撃を与えるから、その後のケアがかえって大変になるかもって」

「そうよねえ……」

友里香の夫・哲也の場合は、あくまでレアケース。後遺症もない上に、本当に運よく逆行性健忘を起こしてくれたに過ぎない。そんなこと、狙ってできるわけもないのだ。

「介護が必要になったら、それを理由に離婚できるかもしれないけど」

璃子は付け加えたが、そんな簡単にはいかないだろう。いずれにしても意図的にそんな状況に追いやったら、間違いなく「犯罪」だ。いくら何でも、そこまでする気はなかった。

「もういいよ、私のことは気にしないで」

麻矢は努めて明るく口にした。

「たまに愚痴を聞いてくれればそれだけでいいの」

「そういうわけにはいかないわよ」

璃子の口調がにわかに真剣味を帯びる。

「私は二人のおかげで離婚できた。友里香も今のところ問題はなくなった」

そして、続けた。

「麻矢一人が不幸じゃ、三人組のバランスがとれない」

不幸。思いもしなかった言葉が、胸に刺さる。

自分は、不幸なのか――。

「何かいい手がないか考えるから、もう少し待って」

麻矢の沈黙に気づかず、璃子は一方的に告げた。

「だから今のところは、麻矢は光博さんとあまり揉めないでおいて。いざという時、疑われないように。あと少しの辛抱だと思えば我慢できるでしょ」

また連絡するね、と璃子からの電話は切れた。

麻矢も携帯を仕舞い、ホームに立ち尽くす。

「今のところは」「あまり揉めないでおいて」と璃子は言うが、そんなことが果たしてできるのか。

かと言って、問い詰めて夫が事実を認めたら。

あるいはしらじらしく言い訳をしたら。「何が悪い」と開き直ったら。

その時は、修羅場になる。

ふいに、窓に叩きつける風雨の音が蘇った。

寝室でシーツを握りしめている自分の姿も。

その時自分がどんなことを口にするか。何をしてしまうか。分からなかった。

どうすればいいか考えることもできないまま、麻矢は長い間ホームに立ちすくんでいた。

5

朝、コーヒーを淹れるのは夫の役目だった。ベッドを別にしても、夕食はそれぞれとるようになっても、互いの出社時間は変わらなかったから朝だけは顔を合わせることになる。そして二人とも「朝食はきっちりとる」ことは不思議と共通していた。

麻矢が簡単に卵料理やミニサラダなどを用意し、その間に光博がコーヒー豆を挽《ひ》き、ゆっくりとドリップする。パンはトーストだったりサンドイッチだったりそれぞれ好きなものを。この時間のためだけに置いてあるＦＭラジオから流れてくる音楽やナビゲーターの声をバックに、挨拶程度の会話を交わし、しかし間違いなく一日で唯一の共有の時を、かつては過ごしていた。

しかしコロナ禍で、それもなくなった。

光博の会社はリモートや時差出勤が多くなり、麻矢も彼ほどではないが同じような状況で、朝食の時間がすれ違うようになった。

リモート期間はとうに終わり、夫の出勤時間は通常に戻っていたが、「朝の時間」は元には戻らなかった。互いが微妙に朝食の時間をずらし、ほとんど顔も合わさずに出社するようになっていた。

この日も、そうだった。

麻矢は午後からの出勤のため、一人で遅めの朝食をとっていた。夫はすでに出勤しているはずだ。

自分でインスタントのコーヒーを淹れ、前日にコンビニで買っておいたサンドイッチを冷蔵庫から取り出す。ついでにミニトマトとレタスも出し、洗ってからトマトのへたをとり、レタスをちぎって皿に盛ってドレッシングであえた。

用意したものをすべてダイニングテーブルに並べ、座ったところで食欲がないことに気づく。

理由は分かっていた。

この数日ほど、何をするにも気力が出ず、夜の眠りも浅かった。睡眠不足で集中力を欠き、書類の書き間違えなど小さなミスを繰り返していた。

原因は、もちろん夫のことだ。

仕事に支障をきたさぬよう、せめて睡眠だけはしっかりとろうと以前に――担当施設のリニューアルが期日に間に合うのか悩んで眠れない夜が続いた頃だ――近所のクリニックで処方してもらった睡眠導入剤を数日前から服用していた。

それだけでなく、良くないこととは知りながら、ベッドに入る前に買い置きのワインを開けていた。そうしないと眠れなかった。

あの時――一昨日の晩も。

薬を飲んでも眠ることができず、ダイニングでワインを飲んだ。

飲みながら夫とのこれまでを考えていると、悪いことばかりが思い出されてきた。

そもそも結婚を決めた時から――向こうの家族からは、麻矢はあまり気に入られていなかったのだ。特に義母からは。

彼の家に初めて「ご挨拶」に行った時も、義母は終始硬い笑みをつくり、「本当にこんな子でいいんですか？」「結婚はゆっくりでいいと言っていたんですけどねえ」「よく考えて、気に入らないことがあったら遠慮なく言ってくださいね」と、ネガティブな態度を隠さなかった。

それは、義妹も同じだった。家族全員が揃った会食の席で、「お兄ちゃんが結婚できるとは思わなかった」「アプリでも全然マッチしないって言ってたのに」などと場にそぐわない発言をし、父親からたしなめられても不満気な顔を返すだけだった。

そんな二人に対し、光博が苦笑いを浮かべながら聞いているだけで何も反論しないことが、麻矢は不満だった。

実家を辞去してからの帰り道、

「私、あまり歓迎されてないみたいね」

と皮肉交じりに言っても、

「麻矢が気に入らないわけじゃないよ、たぶん相手が誰でも同じ態度だから」

と言い訳をするだけだった。

同じ都内にある彼の実家を訪れたのは、それから二回しかない。結婚した翌年と翌々年の正月。

元日は向こうの実家に、二日は麻矢の実家へと年始の挨拶に訪れていたが、その後「互いに気疲れするだけ」と話し合い、双方の実家ともに「揃っての挨拶」には行かないことに決めた。三年目の正月は彼が一人で帰ったが、「麻矢さんはどうしたの」「何かあったのか」とさんざん訊かれて閉口したらしく、以降はコロナ禍になったこともあり帰省自体しなくなった。

「気疲れ」という表現はまだ控えめな言い方で、向こうの家族と過ごす時間は、麻矢にははっきりと「苦痛」だった。

　最もストレスを感じるのは、食事の場のたわいない会話の中で、自分の知らない名前ばかりがぽんぽん出てくることだった。

　家族全員が知る親戚・知人の類なのだろうが、誰も——光博さえも、それが誰なのかについて説明をしない。麻矢には全く知らない人の話題が延々と続いていく。もちろん会話に加わることなどできない。ただ黙って聞いていなければならない時間は辛いだけだった。

　さらに嫌悪を覚えたのは、その会話が大抵の場合「悪口」となっていくことだった。誰々さんは両親が不仲でその中で育ったから性格が歪んでしまった。あの子は早くに父親を亡くして厳しく怒られた経験がないのでわがままなのよ。麻矢にとっては見も知らぬ誰かが彼らの間で一方的に非難され、断罪されていく。それを誰も咎《とが》めないばかりか、全員揃って同調するのだった。

　家を出てからそれを指摘すると、夫は「そんな悪く言うなよ」と嫌な顔をした。

「単なる軽口だろ、家族だけの遠慮のいらない席だからつい口にしちゃうんだよ。麻矢も家族と認められてる証拠だよ」

「家族と認められてる」！　別にそんなのいらないから！　麻矢は本気でそう思った。

　そもそも、結婚相手の親やきょうだいは、自分にとって「家族」なのだろうか。

　さすがに「嫁ぐ」という言い方こそ最近は聞かれなくなったが、それでもまだ結婚＝相手の身内とも家族になる、という考え方は根強い。

　だが、麻矢には馴染めなかった。

　そもそも結婚とは、それまでの家を出て、「夫婦で新しく家族をつくる」ことではないか。自分の両親・兄も含めて、「実家との関係」はもはや「家族」とは別物だと麻矢は思っていた。

　話し合いの最後で、「もうあなたの実家には行きたくない」と告げた時、夫は「そうか、分かった」と答えた。「いいよ、行きたくなければ」と。自分の気持ちを分かってくれたのかと思っていたが、実はそうではなかった。

　翌日の夕食時に、少しアルコールの入った夫からその件を蒸し返されたのだ。

「麻矢が俺の実家に行きたくないのではしょうがないけど、俺だって我慢してるんだからな」

「我慢？　何のこと？」

「君んとこのお母さん、食卓の空になった皿からさっさと片づけちゃうだろ」

「え、いいじゃない。汚れた皿がいつまでもテーブルにあったら気持ち悪いでしょ」

「何だかせわしないんだよ。早く食べろ、早く帰れって言われてるみたいで」

「ちょっとやめてよ、そんなわけないじゃない」

「そう感じるんだよ。麻矢も家でたまに同じようにしてるだろ、何度か注意したことあったじゃないか」

「え、そう？」

「そうだよ。自分じゃ気づかないだろ。見て分かったよ、あれは実家の習慣なんだって。少なくとも『客』がいる席じゃやらない方がいいぞ」

「『客』じゃないでしょ、あなたはもう」

言いかけて、ハッとした。あなたはもう家族なんだから。自分も同じことを口にしようとしていたのだ。

「分かったわよ、あなたが来る時はしないように言っておくから」

「やめろよ、俺が悪者になるだろ」

「じゃあ何で今、言ったのよ」

「いや、それはだから――もういいや」

夫は、そう吐き捨てるように言って、それ以上は口にしなくなった。

いつもそうだった。何か文句を、自分に対する不平・不満を言いかけても、途中でやめる。ならば初めから口にしなければいい。不平・不満があることは表明しながら、言い合いになるのを避ける。面倒だから。

「言っても通じないから」と。

一方、麻矢の家族はと言えば、麻矢の結婚に大喜びだった。光博を初めて家に連れて行った時も――その時は大阪に転勤していた兄を除き――下にも置かないもてなしぶりで、こちらが恥ずかしくなるぐらいだった。

彼の感想も「いいご家族だね」というもので、麻矢が「そうかな」とそっけなく返すと、

「麻矢一人、なんか醒めてるよね」

と言われた。

さらっと言われた言葉だったが、図星だった。

麻矢は家族――両親と兄――に対し、物心ついた頃から「醒めた」感情を抱いていた。両親、特に母が兄をえこひいきしているのは幼い時分から分かっていたし、父もまた「長男」と「下の娘」に対し、明確に態度を変えていた。

幼い頃からあまり干渉されることはなく、「放任」に近い環境で育ったが、それは端から両親が自分に期待していなかったからだ。

それに気づいた頃から、麻矢にとって家は「居心地のいい大切な場所」ではなくなった。

だから、麻矢は願っていたのだ。

居心地のいい大切な場所――そんな「家庭」を新しくつくりたい、と。

その思いを、踏みにじられた――。

いつの間にか、立ち上がっていた。

リビングを出て、廊下を進み、ノックもせずに寝室のドアを開けた。

夫の驚いた顔。突然入って来たことを咎めるような声。それらを目にも耳にも入れないようにして、無言でクローゼットを開けた。

シーツはなかった。

シーツは？　洗ったの？

そう口にしたところまでは覚えている。しかし、それに対し夫が何を答えたか、どんな顔をしていたか。全く記憶になかった。

その後、自分が何を言ったかも――。

……あの時は、さすがに飲み過ぎだった。

自責と後悔の念を胸の奥のそのまた奥へと押しやるために、無理矢理コーヒーを喉へと流し込む。安っぽい苦さがあるだけで、夫が淹れてくれていたドリップコーヒーの甘みもまろやかさも、まるでなかった。

テーブルの上で携帯電話が振動したのは、ほとんど手をつけなかった朝食の残骸《ざんがい》をキッチンに運んでいた時だった。

誰だろう。この時間の電話は珍しい。怪訝に思いながら携帯電話を取りだした。

未登録の番号が表示されている。

ためらっているうちも、電話は鳴り続けていた。切れる様子はない。仕方なく通話ボタンを押した。

「はい」

声を低くして応答する。

「こちら、甲本光博さんの奥様の携帯電話でよろしかったでしょうか」

馬鹿丁寧なしゃべり方をする男性の声だった。答えに詰まっていると、すぐに相手の声が続いた。

「私《わたくし》、株式会社日東《にっとう》ソリューションズの塚田《つかだ》と申します」

夫の勤め先だ。

なぜ夫の会社から電話が？　どうして自分の番号を知っている？　いくつも疑問が湧いたが、

「あ、いつもお世話になっております」

となるべく感じのいい声になるように応えた。

「こちらこそお世話になっております。甲本くんは……」

麻矢の反応を窺うような間があり、「ご在宅でしょうか」と続いた。

「はい？」

思わず変な声が出てしまう。ご在宅でしょうか？

「いえ、もう出ておりますが」

とりあえず、そう答えた。出ているはずだ。

「出ている、とは……出勤されたということでしょうか」

「あ、はい」

何を当たり前のことを――そこで気づいた。

「あの、夫は出勤していないのでしょうか？」

「あ、ええ……」

今度はあちらが困った声になった。

時計を見る。十時四分。電車が遅延しているのだろうか。それにしても遅すぎる。勤め先に連絡も入れられない状況なのか。

「あの、実はですね」塚田と名乗った男が言った。「今日だけでなく、昨日も」

「はい？」

「甲本くん、昨日から出勤しておりませんで。携帯電話に連絡を入れても通じないので、それで。ご迷惑かとも思ったのですが、緊急連絡先として登録されていたこちらの番号に」

言葉が出なかった。

昨日も？　どういうことだ……？

「あの、リモートとかそういうことではなくて、ですか？」

「リモート期間はとうに終了しております」

慇懃な口調で答えてから、塚田がさらに尋ねてきた。

「甲本くん、昨日も普通に家を出られたのでしょうか」

一瞬、返答に詰まった。

夫は、昨日出勤しただろうか。

したはずだ。しかし、今朝と同じで間違いなく出勤したかと問われれば、答えに困る。朝も夜も別で、夫の姿を見ていないのだ。

「……はい」

そう答えた。「分かりません」などと言えるわけがない。

「そうですか……ご自宅には、普段と同じようにお帰りになっているわけですね」

「……はい」

「分かりました。いえ、事情は分かりませんが、ご無事でおられることは分かったので……甲本くんにお伝え願えますでしょうか。欠勤は構わないが案件の引継ぎだけはしてほしい、それと有休にしろ病欠にしろ、連絡だけはしてほしい、と」

「……分かりました。伝えます」

「どうぞよろしくお願いいたします」

「あ、あの」

相手が切りそうになったので慌てて言った。

「はい」

「本当に申し訳ありません。本人に、よく言っておきますので。どうか」

「いえ。先ほどの件だけ、どうぞよろしくお願いいたします」

事務的な言葉を残し、電話は切れた。

携帯が通常の画面に戻る。しかし、麻矢の気持ちは戻ることができない。

夫が、二日も連続で無断欠勤をしている。

なぜだ、と問う前に、思い当たっていた。

一昨日の晩。はっきりとは覚えていないが、何か言い争いをした挙句、彼が強い言葉を残し、寝室を出て行ったような気もする。

もしかして――。

寝室に向かった。念のためにノックをしてから、ドアを開ける。

夫の姿はもちろんない。クローゼットに近寄り、恐る恐る扉を開ける。

やはり、シーツはなかった。

扉を閉め、部屋の中を見回す。

狭い寝室のほとんどをベッドが占めているが、隅に小さなテーブルが置かれ、デスクトップ型パソコンが載っている。いつの間に買ったのか、折りたたみの椅子もあった。

ベッドに敷かれたシーツには、しわ一つない。

夫が自分でメイキングしたのか？

いや――記憶が断片的に蘇る。自分だ。

あの晩――夫がいなくなったこの部屋で、自分がベッドのシーツを敷き直したのだ。

夫は、それ以来このベッドで寝ていない――。

一昨日の晩に出て行ったきり、戻っていないのだろうか。

胸の奥から――いや、腹の奥からせり上がってくるものがあった。

寝室を飛び出し、トイレに駆け込んだ。昨夜食べたものが口から吐き出される。

何か決定的なことを口にしてしまったのか。そして夫の口からも。

全く覚えていなかった。

胃の中のものをすべて吐き出し、体は少しだけ楽になったが、胸の奥には重い固まりが残ったままだ。

どうすればいい……。

重い足取りでリビングに戻る。テーブルに置かれた携帯電話が目に入った。

取り上げ、夫の番号を押す。予想通り、「この電話は、電波が届かないか、電源が切られているため……」というアナウンスが流れるだけだった。

仕方がない。戻ってきたらもう一度話し合うしかない。もちろん今度はシラフで。きちんと向かい合って。

しかし、それは叶わなかった。

夫は戻ってこなかったのだ。

この日だけではない。

次の日も、その次の日も、帰ってこなかった。

もちろん、会社にも行っていない。電話は繋がらない。ＬＩＮＥも既読にすらならなかった。

一体、どこに行っているのか。

一体、何をしているのか。

それを境に、夫からの連絡は途絶えた。

「……はい、警察からは何も……ええ、私からは何度も問い合わせています。……ええと、一昨日、ですかね。……いえ、はい、もちろん。今日もこれから訊いてみます。……はい、何か分かりましたらすぐに。……はい。ご心配おかけしてすみません。え？　いえ本当にこちらこそ。……はい。では、失礼します」

電話を切って、ため息をつく。

義母――夫の母から毎日のように電話が掛かってきて閉口していた。光博から連絡があったらもちろん、他にも何か新しい情報が入ればすぐに連絡を入れると伝えているのに、信用してもらえていないのだろうか。

そもそも、捜索願――今は「行方不明者届《ゆくえふめいしゃとどけ》」というのだと知った――を出すのが遅いと、そこからすでに不信感を抱かれているようだ。

警察に届けを出したのは塚田から連絡があってから三日目のことで、麻矢としてはもう少し様子を見てからの方がいいのではと思っていたぐらいだったが。

「事件や事故に巻き込まれてたらどうするの、何ですぐに連絡しないのよ！」

電話口で、いきなり怒鳴られた。

義母の心配はもちろん分かる。自分との温度差は、母親と妻という立場の違いよりも、失踪の理由に心当たりがあるかないか、だろう。

「やっぱり、女か」

夫が帰ってこなくなった、勤めにも出ていない、と電話で話した時、璃子から返ってきたのもその言葉だった。

「そう思う？」

「他に思い当たる理由ある？」

「……ない」

「でしょう？　このタイミングだもんねえ」

璃子が言う。確かにその通りだ。

「あれから光博さんのこと、問い詰めたわけ？」

「うん、まあ……」

麻矢は言葉を濁した。「酔っていて覚えていない」とはさすがに言えない。

「で、逃げたわけだ……それにしても仕事にも行かないとは、ちょっとどうかしてるよね」

呆れたように言ってから、璃子が訊く。

「行き先に心当たりはないの？　つまり、相手の」

それについては、届けを出す際に警察からも訊かれた。

行方不明者届は最寄りの世田谷警察署に出向いて提出したのだが、その前に電話で相談した際に、家出人——警察はそう表現した——の基本情報に加え、「家出人がいなくなった時の状況」「その際の精神状態や家出する心当たりなど」も記すように言われたのだ。

失踪時の状況いかんでは、「特異行方不明者」として積極的な捜査を行う場合もあるらしい。

だが光博の場合は、麻矢の提出した書類をもとに「一般行方不明者」として受理された。

「警察のデータベースに登録されますので、それを元に警ら中の警官が発見したり、情報が得られる場合もあります。もちろん何らかの事件や事故に遭った場合はすぐに分かります。ただ成人の家出人の場合は、こちらが見つけるより早く本人の方から連絡があるケースがほとんどですので。ご心配でしょうが、まずはご主人からの連絡をお待ちください」

人の良さそうな志村《しむら》という生活安全課の職員は、穏やかな口調でそう言った。

「心当たりはない――」

麻矢は、志村に伝えたのと同じ答えを返した。

「そっか……じゃあ光博さんの持ち物でなくなっているものってある？　服とか靴とかバッグとか……あと通帳とか保険証とか」

璃子が警察と同じようなことを訊くので少しおかしくなった。

ミステリー小説の書評を書くというのは本当なのかもしれない。いや、もしかしたら璃子自身がミステリー小説を書こうと勉強しているのかもしれなかった。

「それがよく分からないの……通帳はあるけどこれで全部かどうか分からないし。キャッシュカードやクレカ、保険証、免許証なんかは元々家には置いてないだろうし。服とか靴に至っては、何がなくなってるのかも分からない」

「パソコンとかは？」

「前から使ってるデスクトップ型のはあるけど、ノートはない……でもそっちは普段から持ち歩いてるみたいだから」

「そっか……準備して出て行ったか、突発的な行動か。それによってこれからの動きも変わってくると思ったんだけど」

「そうなんだけどね……」

麻矢が黙ると、急に静かになった。

麻矢の部屋もだが、電話の向こう側からも何の音も聞こえてこなかった。

ふと、璃子は今どこにいるのだろう、と思った。会話の最初のところで「今、出先」と言っていたが、それにしても妙に静かだ。

「麻矢、大丈夫？」

璃子が言った。

「え、うん。私は大丈夫」

「何があっても、私たちは味方だからね」

「――ありがとう」

素直にそう答えた。今はその言葉が、何よりも心強い。

「これから向こうがどう出てくるか分からないけど」

璃子が続ける。

「麻矢はいろいろ準備しておいた方がいいかもしれない。向こうの親に対しても」

「準備って？」

「今のうちに話しておいた方がいいんじゃないかな、あっちには女がいるってこと。とにかくこっちに非がないってことははっきりさせておいた方がいいよ。向こうもいろいろ言い訳するだろうし。こっちのせいにされることもあるからね」

「……うん」

「考えたくないだろうけど、こうなったらもうしょうがないよ。具体的にはあっちの居場所が分かってからになるけど、準備は早くしておくに越したことはないから」

「分かった。ありがとう」

やはりこういう時、璃子は頼りになる。麻矢はただ混乱するばかりで、「準備」など考えもしなかった。

璃子からだけでなく、友里香からも励ましの電話があった。

「大丈夫？　麻矢」

「うん……何をどう考えたらいいのか分かんなくて頭ん中グチャグチャだけど」

「そうよねぇ、本当に」

ため息まじりに口にしてから、友里香は強い口調で言った。

「力になるからね。いざとなったら、例の弁護士、紹介するから」

以前友里香が、「自分の時に頼めないか」と考えていた敏腕弁護士のことだ。

「うん、その時はお願い」

「あ、ごめん、ちょっと待ってね」

友里香が電話口から離れた。結菜ちゃんだろう、子供の声が聞こえてくる。「ママちょっとお友達とお話してるからね、あとでね」。友里香が言い聞かせる声がしてから、「もしもし、ごめん」と戻ってきた。

「ちなみに、何か不倫の証拠とか、録音とかはあるの？」

今の結菜ちゃんとの会話とのギャップに少しおかしくなったが、「ない」と答える。

「そか。でも――認めたのよね？」

友里香もまた、原因はそれと決めつけているようだった。

「うん、まあ……」

麻矢はここでも曖昧《あいまい》に答えた。

「逃げたってことが認めたってことだもんねえ」

「うん……」

「調停になったら、向こうも否定したり言い訳したりしてくるかもしれないから、何か証拠を摑んでおいた方がいいけど……とにかく、連絡つかないことには身動きもとれないわよね……失踪したままだったらどうなるのか、弁護士さんにちょっと訊いておくね」

「うん、ありがとう」

「じゃあ」

「あ」電話を切りかけた友里香に、慌てて言った。

「変なこと訊くけど、友里香たちは、何もしてないのよね」

「何もって、何が？」

「だから——光博に会ったり。前に璃子が言ってたじゃない。自分と友里香で光博に直談判してみようかとか」

「してないよ！　したら言うよ。ていうか勝手にしないよそんなこと……璃子にも訊いた？」

「……訊いてない。何となく訊きづらくて、友里香に先に」

「そか。……璃子も勝手にそんなことしないと思う。一応璃子にも確かめてみた方がいいとは思うけど……」

「うん、そうする」

「じゃあ、また何かあったら連絡して。あ、何もなくてもいつでも連絡して」

友里香が、心から親身になってくれていることはよく分かった。

璃子だってもちろんそうだろう。

彼女たちの友情を、疑ったことはなかった。


自分の会社には、「夫の失踪」については報告しなかった。プライベートなことだし、仕事に差し支えることもない。

担当施設で来月に開催されるマルシェに出店する店舗の件で課長の保坂との打ち合わせを終え、席に戻った。

机の上で携帯電話が点滅していた。手に取って見ると、璃子からＬＩＮＥにメッセージがきていた。休み時間に確認しようと脇に置いたところで、

「麻矢さん、何かいいことありました？」

隣の席の香奈から声を掛けられた。

「え？　別にないけど——何で？」

香奈が、麻矢の携帯に視線を送る。

「ちょっと、人の携帯、見たの」

「見てませんよ。ただ今日の麻矢さん、なんかやる気に満ちてるから」

「そう？　別に何もないよ」

「ほんとですかぁ？」

怪しむような笑みを浮かべながら「でも、麻矢さんが元気になってくれて何よりです」と香奈が言った。

「アロマの時は何もできなくて、ほんと申し訳なく思っていたので」

「元気ってこともないけど……これも結構しんどいよ」

課長から渡された店舗資料の山をポンポン叩き、しかめっ面をつくる。

「でも、なんかメイクも少し変わりましたよね。目元が明るくなった感じ。あ、それ手伝いますよ。会議の資料作り終わったので」

「サンキュー。じゃあ半分お願い」

香奈に資料を渡し、「さて、やるかあ」とパソコンに向かう。

平静を装ってマウスを動かしてはいたが、内心、少し動揺していた。

「元気になった」ように見えるのだろうか。夫が失踪したのに？

メイクを変えたのは、事実だった。目元がくすんで見えるのが気になり、ネットで拾った情報を元に目の下にコンシーラを重ねて塗り、オレンジのアイカラーを使ってみたのだ。くすみはかなり消えたようには感じたが、他人から指摘されるほど変わったとは思わなかった。さすが普段から身なりに気を配っている香奈だけある。今日も近づくと、ほのかにフローラル系の香りが漂った。

――今日の麻矢さん、なんかやる気に満ちてるから。

もしそう見えるとしたら、「こんなことで落ち込んではいられない」と自分に言い聞かせているせいだろう。メイクを変えた理由も、それだ。

あの夜にどんな会話があったかは思い出せないが、自分が不倫しておきながら家を飛び出し、会社にも行かないなんて、璃子が言う通り夫の方が「どうかしてる」のだ。

これまで、結婚生活についてあれこれ悩んでいたことが馬鹿らしくなってくる。向こうはとうに、夫婦関係に希望など抱かず、他の女に気持ちを移していたのだ。

そんな奴に、これ以上振り回されたくない。

――何があっても、私たちは味方だからね。

――力になるからね。

今は、「三人組」の絆だけが心の支えだった。

大丈夫。

麻矢は、二人に答えた言葉を、もう一度胸の内で繰り返す。

私は、大丈夫。

こんなことで、負けたりしない――。


「おつかれさま」

「今日を生き抜いたことに」

「乾杯！」

「ＦＲＥＥＤＯＭ」のいつものテーブルでお決まりの乾杯を交わした。言葉だけでなく、璃子と友里香が相談に乗る機会をつくってくれたのだ。まだ七時過ぎだったが、いつになく店内は賑わっていた。

「それにしても、本当に面倒なことしてくれるよねえ」

グラスを置いてから、璃子が呆れたように口にする。

「でも、向こうから出て行ってくれたっていうのは、ある意味好都合なのかも」

友里香が言った。

「私なんか、本当に何度も思ったもの。このまま帰ってきてくれなければどれだけいいか、失踪でも何でもしてくれないかって、前は」

慰めで言っているのだろうが、「前は」と付け加えるところが正直だった。

「今」は違うのだ。結菜ちゃんは、今日もガーベが見てくれているらしい。本当に変われば変わるものだった。

「万が一このまま光博さんが帰ってこなかったら、って友里香と話して」

璃子が友里香に視線を送り、椅子に置いたバッグを探る。

「例の弁護士に訊いてもらったの。『相手が行方不明な場合の離婚の条件』について」

パソコンからプリントアウトしたらしき紙面を取り出し、広げた。

失踪したままだったらどうなるか弁護士さんにちょっと訊いてみる。電話で友里香がそんなことを言っていたことを思い出した。

「まず、【三年以上夫や妻が生きているか死んでいるかも確認できない状態が引き続いている場合】。この場合は『三年以上の生死不明』という離婚原因に当たり、離婚できる」

璃子が紙面に目を落としながら説明する。

「これに当たらなくても、『悪意の遺棄』や『婚姻を継続し難《がた》い重大な事由』として離婚できる場合がある。『悪意の遺棄』とは、正当な理由なく夫婦の同居・協力・扶助義務を果たさないことをいい、正当な理由があるかどうかは、行方不明・失踪の経緯や、生活費送金の有無、行方不明・失踪の期間等を考慮して判断される。『婚姻を継続し難い重大な事由』の方は、婚姻関係が破綻し回復の見込みがないことを意味する」

璃子はここで顔を上げ、

「裁判例では、事情によっては一年程度の行方不明・失踪でもこれらに該当し離婚原因として認められているケースもあるって」

と続けた。

麻矢は無言で肯きだけを返した。

「この他に、家出や蒸発により七年間生死不明の場合は、家庭裁判所に審判を申し立てれば『失踪宣告』を受けることができる。これは前にも話したよね。失踪宣告を受ければ『失踪届』を役所に出すことになっていて、法律上で死亡者扱いになる。そうなれば遺産や保険金を受け取ることもできる」

「七年、三年、一年かぁ」友里香が嘆息まじりに呟く。「いずれにしてもそんなに待てないよね」

「うん……」

「で、私もちょっと訊いてみたんだけど」

璃子の口調が、少し変わった。

「警察が本気で捜してくれないんなら、何か他の手はないかって」

「もしかして興信所？」

麻矢の代わりに、友里香が疑問を挟んでくれる。

「うん。まあいろいろ手はあるらしいんだけど……一つには、携帯電話の位置情報」

「でも、電源切ってたら分かんないでしょ」

「それが、携帯って電源切ってても微弱な電波は発信してるらしいのね。時間が経ってバッテリーも切れちゃったらダメらしいけど。向こうだって全く使わないことはないだろうから、充電ぐらいしてるでしょ」

「えー、そんなのどうやって調べるの」

「携帯会社に照会しなきゃいけないから、普通は警察しかそんなことできないんだけど、興信所なりのルートがあるらしくて」

「ちょっとそれってヤバくない？」友里香が眉をひそめる。「違法じゃないの？」

「スレスレかもしれないけど……そこまで調べる気があるか、ね」

そう言って璃子が麻矢を見た。友里香も視線を向けてくる。

「うーん……」

麻矢は小さく唸った。

「何をどうしたらいいのか、今は混乱してて分からないわよねえ」

友里香が、麻矢の代弁をするように言った。

その通りだった。ただ一つ、はっきりしていることがある。

麻矢はその気持ちを口にした。

「でも、ありがたいなあって」

「うん？」

「こうして親身になってくれるの、二人だけだから」

麻矢は、心からそう言った。

璃子が、黙ってグラスを手にし、麻矢のグラスにカチンと合わせた。

友里香もそれに倣う。

三人で顔を見合わせ、ほほ笑みを交わした。

「それにしても、光博さん、どこで何やってるかねぇ」

麻矢の様子に安堵したのか、璃子が少し軽い口調になった。

「隠れたままでこの先どうしようっていうんだろう」

「――ちなみに、いなくなる前に離婚の話まで進んでたの？」

友里香が尋ねた。

麻矢は答えに詰まる。

「……まあ、話っていうか……具体的にじゃないけど……」

「そか」璃子が肯く。「そのことを向こうがどれだけ本気で受け止めたかにもよるけど、その話し合いから逃げた、っていう可能性が一番考えられるよね」

「面倒事を避けたい、ってことかぁ。卑怯よね」

「もう一つの考え方もあるわよ」

璃子が言った。

「何、もう一つって」友里香が訊く。

「光博さんの方は、麻矢と離婚したくないっていう場合」

「ああ、そういうこと――」

「調停も時間かかるけど、消息不明の場合の方が結論を先延ばしにできるのは間違いない」

今聞いたばかりだ。長ければ三年。早くとも一年。

「でも、何でわざわざそんなことを？」と友里香。

「分かんない。時間稼ぎのため？　何らかの理由で、少しでも離婚を遅らせたい」

「それってつまり、まだ麻矢のことを愛してる、っていうことじゃ――」

「ちょっと、やめてよ」

麻矢は友里香の言葉を遮った。

璃子も強い口調で言う。

「そうよ、そんな美しい話にしちゃダメ」

「離婚したくないから姿くらましますなんて、もしホントだったら大バカよ、子供のすること」

「だよねー」

自分が言い出したことだが、友里香も同調した。

「全く男ってのは何考えてんのかねぇ」

友里香の呆れたような呟きに、璃子が、

「男の意見も聞いてみようか」

と応えた。

「え？」

「あそこに、ちょうど良さそうなのが三人いる」

璃子が小さく指さした先には、カウンターの男性三人組の姿があった。こちらの視線に気づいたのか、若月が小さく会釈してくる。

友里香が「ちょっと」と眉をひそめる。

「また璃子の悪い癖……あの時のこと忘れたの？」

「あの時とは全然違うでしょ」璃子が笑みを返す。「どう見ても無害」

友里香が、呆れた、という表情を麻矢に向けてくる。麻矢も苦笑を返した。

「何か参考になるような意見、聞けるかも」璃子が言う。

「どうかなあ」と友里香。

「麻矢は嫌？」璃子が麻矢に向かって尋ねた。

「そんなこともないけど……」

参考になることが聞けるとは思わなかったが、今は、彼らの能天気さが救いになるような気もした。

「よし、決まり」

璃子が、彼らに向かって手招きをした。


「マジですか！」

素《す》っ頓狂《とんきょう》な声を上げたのは、若月だった。

「それは大変ですね……」

同情するように眉を寄せたのは、三島。最も年長の千田は、「うーん」と唸って腕を組んだきり言葉を発しない。

「何を考えてると思います？　麻矢の旦那」

「いやー、それは分かんないですけど……その、浮気をしてたってのは事実なんですか？」

三島の問いに、璃子が麻矢を見る。

麻矢は、無言で肯いた。確証はない。しかし、それ以外に理由はなかった。

「それで逃げるっていうのは、確かに卑怯ですよねえ」

「でしょう？」

「そもそも、藺部さんみたいな素敵な女性と結婚してて浮気するのが信じられないですけどね」

若月が見え透いたお世辞を言うので、つい苦笑してしまう。

「それは大前提」璃子が調子を合わせた。

「それにしても仕事も放り出すのは、よっぽど相手に入れ込んでるのか」

「そういうタイプなんですか、旦那さん」若月が訊いた。「のめりこみやすいっていうか、はまりやすいっていうか」

「それ、お前じゃんか」すかさず三島が言った。

「ちょっと、真面目に考えてもらえます？」友里香が呆れた声を出す。

「いえ、いいんです」麻矢は言った。「あんまり深刻になられても困るし」

若月が場を暗くしないためわざと軽口をきいていることは分かっていた。

「まあ原因がはっきりしてるなら、むしろ安心ですよね。事件や事故に巻き込まれた可能性はないわけでしょ」

「ゼロってわけでもないですけど……」

璃子の言葉に、ふと麻矢は思う。

そう、ゼロではないのだ。自分も璃子たちも頭から排除しているが、事件や事故に巻き込まれた可能性だってないとは言えない。

――事件や事故に巻き込まれてたらどうするの、何ですぐに連絡しないのよ！

本来なら、義母のあの反応が当たり前なのだ。

麻矢は、少しだけ不安になった。

「ちなみに、このまま連絡ない場合、会社はどうなるんですか」

友里香が、男性陣に向かって尋ねた。若月は電機メーカー、三島は食品会社、千田は人材派遣と、みな会社員であることはすでに聞いていた。

「無断欠勤が続いたら、クビになるでしょうね」三島が答える。

「どのくらいの期間でとか、決まりがあるんですか」

「さあ」首を傾げた三島が、千田の方に目をやった。

「決まりはないでしょうね」

すぐに千田が応じた。どうやら「難しいことは千田に」という役割分担になっているようだ。

「基本、欠勤が続いただけで解雇はできないはずで、連絡もなく仕事の引継ぎもされずに業務に支障が生じたとか、そういうことが解雇理由になると思います」

「なるほど」

「日ごろの勤務態度に問題がない人が突然出勤しなくなった場合は、当人に何か問題が生じていると考えられるわけで、その原因が分からないことには会社としても対応のしようがないんじゃないですかね」

「そのへんも計算ずくってことか……」

友里香と千田の会話が続く。

「そうとは言い切れませんが、欠勤が続いているだけで本人に退職の意思があるかどうかは分からないですね」

「でも、このままってわけにはいかないでしょう？」

「そうですね。本人が現れなくても、メールで欠勤や有休の申請をする可能性はありますから」

「麻矢には連絡とらずに、会社にだけ連絡をとるってことですか？」

璃子の言葉に、千田が肯いた。

「可能性としては」

「それは筋違いでしょう！」友里香が抗議の声を上げる。

「いやそもそも筋なんてないわけですし。失踪している時点で」

千田が苦笑を返した。

「そりゃそうですね」

友里香も微苦笑を浮かべた。

千田が、改まったように麻矢に体を向ける。

「麻矢さんは、もう離婚するおつもりなんですか」

　ふと、千田が自分のことを名前で呼んでいることに気づいた。璃子たちがそう呼んでいるからつられたのだろうが、違和感はなかった。

「こんなことになっちゃ、ねえ」友里香が代わりに答える。

「でも、あちらはしたくない」

「ていうか、話し合いから逃げてるんでしょう？　面倒事から」

「そうかな」千田が首を傾げた。「離婚したくないから逃げたんじゃないですか？　麻矢さんと別れたくないから」

　璃子と友里香が顔を見合わせた。

「だとしたら、逆効果ですよ」

　璃子が反論した。

「こんなことして、麻矢の気持ちを繋ぎとめられるわけないじゃないですか、卑怯だし、無責任。ますます嫌いになりますよ」

「言ってみれば『現場放棄』」

　若月が言った。

「無断欠勤よりまずいですね。仕事だったら一発でアウトだ」

　口調とは裏腹にその言葉は重く響き、全員が黙り込んだ。

6

夫がいなくなってから、二回目の日曜日を迎えていた。

リビングで自分の分だけの紅茶を淹れながら、家の中から彼の気配が完全に消えたのを感じる。今までももちろん、出張や帰省で麻矢が一人で家にいる時はあった。だが、こんなにも長い夫の不在は初めてのことだった。

一人暮らしの頃に戻ったと思えば別に何ということはない。麻矢はそう思おうとした。

実家を出たのは、大学二年の秋頃だった。コンビニやカフェなどでアルバイトをしてコツコツ貯めたお金を元にアパートを借りたのだ。「実家から通えるのに」と両親からは反対され、「就職に不利になるかもよ」と諭す友人もいたが、麻矢は半ば強引に決行した。

デメリットは承知の上だった。少しでも早く家を出て一人暮らしをしたかったのだ。

東京生まれの友人の中には「一人暮らしの経験が一度もない」という者も少なくないが、麻矢は心の底から「もったいないなあ」と思う。あの自由な時間と空間は、人生で一度は経験してみるべきだ、と。

遅くまで遊び歩いて帰宅が午前様になっても、咎める者などいない。好きな時に好きな物を食べ、好きな時間に寝ていい。決まっているのは朝起きる時間ぐらいで、家に帰ってからの時間、いや、学校や会社を出てからの時間はすべて自由、自分のものだ。

今もそうだ、と自分に言い聞かせる。

久しぶりにあの頃と同じ「自由」を手に入れたのだ。その喜びを満喫すればいい。

そう考えようとしたが――うまくいかなかった。

あの頃と同じ、ではなかった。

部屋の広さが違う。間取りも、家具や電化製品も器の数や種類も。

二人で暮らすためにしつらえられた部屋だった。

そこに一人でいることに、どうにもならない落ち着かなさを感じる。

さびしい、とは少し違う。二人でいるべき空間に一人でいることの、居心地の悪さ。

――麻矢さんは、もう離婚するおつもりなんですか。

あの時は友里香が代わりに答えてくれて千田の問いに答えずにすんだ。

だが――そろそろ、決断しなければならない。

親にいつまでも内緒というわけにはいかないし、この部屋の家賃も一人で払い続けられない。

結果として離婚するにせよ、「このまま」というわけにはいかないのだ。

麻矢は、飲みかけの紅茶を置き、立ち上がった。

夫が今、どこにいるのか。何を考えているのか。これからどうするつもりでいるのか。それを確かめなければ前には進めなかった。

リビングを出て廊下を歩き、寝室のドアを開けた。彼が何か大事なものを仕舞うのであればこの部屋しかない。

クローゼットを開け、下に置いた衣装ケースを引き出してみるが、夫のシャツやパンツなどが押し込まれているだけだった。

念のために服を全部取り出してみる。だが、その奥にも隠してあるようなものはなかった。

立ち上がり、部屋の中を見回す。残るは——これだけだ。

折りたたみ椅子を広げて、小さなテーブルに置かれたデスクトップパソコンの前に座った。夫が仕事用に買ったもので、麻矢は自分のノートパソコンがあるので使ったことはなかった。

まずは電源を入れる。ウィーンという音がしてパソコンが起動する。

壁紙の静止画が表示された。マウスに手をかけ、クリックする。

ロック画面になった。サインインを要求される。決められたワードを入れないと、ここから先には進めない。

やってみるか。

まずは夫の名前と生年月日の組み合わせを試してみる。ハイフンやドットを入れたり、ニックネームのような綴りにしたりと何通りか試してみたが、どれも合致しなかった。

まさかとは思うが、映画などでよくみるように妻——つまり自分——の名前や生年月日でも試してみた。やはりだめ。

結婚記念日や出会った日付——開かない。

お手上げだった。

おそらく自分の知らない、あるいは意味のない組み合わせをパスワードにしているのだろう。

諦めて、寝室を出る。

家の中を全部調べてみれば分かる、と璃子は言っていた。大事なものが何も出てこなかったら、計画的。あれば、準備をしていない――つまり突発的。その場合は、本人の意思に反して、ということも考えられる。

何も出てこないということは、計画的なのだろうか。

いやそれ以前に――自分は何も知らないのだ、と麻矢は思った。

パソコンのパスワードはもちろんだが、夫がどこに何を仕舞っているのか、いや、彼にとって何が大事なものなのかさえ知らない。

例えば、彼の親しい友人――。

行方不明者届を出した時に、志村からも訊かれた。家族以外に頼りそうな友人・知人はいるか。

知らなかった。

結婚式には会社の上司や同僚、学生時代の友人などが出席していたが、会ったのはその時だけだ。会社の代表番号以外、誰一人連絡先を知らない。彼の会社の人と話したのは、今回の塚田という男が初めてだった。

夫が最近行っているような店、訪れそうな場所。利用しそうな宿泊施設……。

何も知らなかった。

もう五年も一緒に暮らしているのに、自分は夫のことを、会社と家族以外のことを全く知らないのだ――。


リビングに戻ると、テーブルに置きっぱなしにしていた携帯がメールの着信を知らせていた。

最近届くメールはスパムの類がほとんどだ。これもそうだろうと思いながら手に取る。

【メールがあります】という通知をタップすると、受信画面になった。

最新メールの差出人の名が表示され――、

【光博】

思わず声が出そうになった。

夫の携帯アドレスからだ。タイトルはない。

連絡があるとしたら電話かＬＩＮＥだと思っていたので、不意打ちの感があった。

なぜメールで……？

嫌な予感がした。それでももちろん、開かないわけにはいかない。

しばしためらったが、思い切ってメールを開く。

文面はなかった。画像が添付されている。

開かない方がいい。開いたら、パンドラの箱が開く――。

しかし、見ないわけにはいかなかった。

震える指で、タップした。

画像が現れる。

そこに写っていたのは——、
突然鳴ったけたたましい音に、麻矢は思わず「ひっ」と叫び声を上げた。

何のことはない、玄関のチャイムだ。

しかし、と玄関のドアを見つめる。このマンションはオートロックになっている。訪問者はまずはエントランスのチャイムを押すはずだが、その音は聞いていない。

直接部屋の前まで来ることができるのは、マンションの住人に限られる。まさか……？

再びチャイムが鳴る。

いや、と思い直す。夫であれば鍵を開けて入ってくるはずだ。

それとも——。

麻矢は、手にしたままの携帯に目を落とした。触れると、再び画像が現れる。

夫が映っていた。

自撮りなのだろう、やけにアップで角度も不自然だったが、満面の笑みをこちらに向けている。

見覚えのある恰好だった。薄紫色の開襟シャツ。夫は新しいシャツを買うとしばらくはそればかり着るのですぐに分かった。そう言えばこのシャツはクローゼットに見当たらなかった。

夫は、一人ではなかった。

隣には、同じようににこやかな笑みを浮かべている女の姿があった。

こちらもまた、見覚えのある女の姿が——。

顔を上げ、玄関の方に向き直った。

メールだけでなく、直接やって来たのか。

三度、チャイムが鳴る。

いいだろう、全てはっきりさせるまでだ。

意を決し、玄関に近づいた。

ドアを開ける前に、スコープを覗く。

女が立っていた。予想したのとは全く違う顔が――。

「え?」

慌ててロックを解除し、ドアを開ける。

立っていたのは、義妹――夫の妹の早希だった。

「こんにちは。突然ごめんなさい」

さして悪いと思ってもなさそうな顔で、早希が言った。

「びっくりした……」麻矢の方は戸惑いを隠せない。「下のチャイムが鳴らなかったから、誰かと思って」

「ああ、ごめん。ちょうど宅配便の人が入るところだったから、続いて入っちゃった」

そういうこともあるだろう、と麻矢はようやく腑に落ちた。

「ごめんなさい。あがって」

ドアを広く開けた。

「おじゃまします」

早希が玄関の中に身を滑らせる。ドアを閉め、再びロックした。

早希は無言のまま靴を脱ぐ。

「ここ、よく分かったね」

「住所は知ってるから」

ぎこちない会話を交わしながらリビングまで案内する。

本当に突然、一体何をしに来たのか？

最初の困惑こそ落ち着いたが、疑念は消えない。

今まで全く交流のなかった彼女がこの家を訪れる理由は一つしかない。光博のことに決まっている。

義母に言われて、何かを確かめに来たのだろうか。それであれば確かに不意打ちの方がいい。事前に連絡を入れて、何かを隠されては困る。エントランスのチャイムを鳴らさなかったのもわざとなのかもしれない。

麻矢は、リビングを見回した。

……大丈夫、見られて困るようなものはない――はず。

「そこ、座って」

ダイニングの椅子を勧め、キッチンに入った。

だが早希は「何にもいらないから」と座ろうともせず、入口に立ったまま辺りを見回している。

確か今年で三十一歳になるはずだが、英字の入ったピンクのＴシャツにデニムという恰好やポニーテールという髪型も含め、年齢よりかなり若い――いや幼い印象を受けた。

「それよりおうちの中、見せてもらいたいな」早希が妙に明るい口調で言った。「お兄ちゃんの部屋とかあるの」

「ううん。見せるっていっても、１Ｌ《ワンエル》だからあとは寝室だけよ」

「寝室は見ちゃダメ？」

そう言いながらすでに廊下に出ていた。

「ちょっと待って。勝手に入らないで」慌てて後を追う。

「なんかまずい？」

「まずいって……普通、人んちの寝室に勝手に入らないでしょ」

「今、普通の状態じゃないしねー」

構わず寝室のドアに向かう早希の前に、麻矢は立ちふさがった。

「調べにきたわけ？　光博さんが本当にいないかどうか？」

ごまかすかと思ったが、早希は顔色も変えず、

「そうだけど」

と言い放った。

「突然、わけもなくいなくなるなんてあり得ないでしょ」

「なぜ私がそんな嘘をつかなくちゃいけないの」

「さあ」早希はわざとらしく首をかしげる。「それが分からないから調べにきたの」

「お義母さんも同じ意見？」

早希の顔が曇った。

「お母さんは本気で心配してる。お兄ちゃんに何かあったんじゃないかって」

「あなたは心配しないの」

「あなたもね」

早希は挑戦的な視線を向けてくる。

「心配、してないでしょ？」

「してないわけないでしょ」

「嘘」

早希は鼻で笑った。

「お母さんから話聞いた時にもなんかおかしいと思ったけど、今日来てみて――麻矢さんに会ってはっきり分かった」

彼女は、麻矢のことを「お姉さん」と呼んだことが一度もない。

「麻矢さんは全然心配してない。心配してる人が、呑気に紅茶とか飲む？」

テーブルにあった飲みさしの紅茶を見たのか。

「紅茶ぐらい飲むわよ。心配してようが何しようが紅茶も飲むしご飯も食べる。当たり前でしょう？」

「その言い方がおかしい。絶対、何か隠してる」

「何も隠してなんか」

「嘘。お兄ちゃんはいなくなってなんかない。会社に行ってないのは本当なんだろうけど、行方不明なんかじゃない。ここにいないんなら、どこかにいる。知ってるんでしょう? お兄ちゃんがどこにいるか」

早希が迫って来る。

「だから何も心配してないんでしょ? 教えてよ。お母さんだけが馬鹿みたいに心配してて、可哀そうじゃない。知ってるのに教えないで、ただ行方不明になったなんて、そんなのひどいじゃない!」

早希の必死な顔を見ていて、悪い子じゃないのだ、と思った。ただ兄を、母親を心配しているだけなのだ。決して悪意はない。「家族」ではない麻矢を敵視していることを除けば。

「どこにいるかは、本当に知らない」

麻矢は答えた。仕方がない。もう隠してはおけなかった。

「ただ、いなくなった理由には心当たりがある。お義母さんには話せなかったけど」

「話して」

「光博さんはたぶん——別の女の人のところにいる」

早希が目を見張った。「別の女?」

麻矢は無言で肯きを返す。

「不倫してるってこと？」

「――分からない。とにかく、私じゃない女の人と一緒にいる」

「誰だか分かってるの」

答えられない麻矢の様子に、早希が疑わしそうに眉根を寄せる。

「証拠でもあるわけ？」

麻矢は、言葉を返せなかった。

今さっき、「証拠」がメールで送られてきたばかりだった。

だが、「誰」であるかなど言えるわけがない。

画面の中、光博と並んで弾けるような笑顔を向けているのは――璃子だったのだ。

7

翌日、出社するとすぐに課長の保坂に呼ばれた。

「ちょっと面倒な案件なんだが、頼まれてくれるか？」

切り出された時から嫌な予感がした。そして実際に指示されたのは予想以上に面倒な仕事だった。

「漏水発生の原因と対策……その対応を、私が？」

不服な思いは顔にも口調にも表れていたはずだが、保坂は「だって、薗部の担当施設だろ？」と当たり前のように続ける。

「そうですけど、それって管理会社の仕事じゃないですか」

麻矢自身、子会社に出向していた時にそういったトラブルの対応に追われたことがあったのだ。

「直接はそうだけど、今回の件は同じ設計で建てられてる他のビルにも起こりえることだからな。うちで把握しておく必要があるだろう？」

「把握はもちろん必要ですが、原因や対策については……」

漏水が起きた場合、設計に起因することが多いのは経験上、知っていた。原因を特定するには、建物の配管角度や雨水管の付け方などを一つ一つ調べなければならない。業者に依頼するにしてもこちら側でもかなり専門的な知識が必要とされ、以前同じようなトラブルに遭った時には本来の業務そっちのけで設計の勉強から始めたのだった。さらに、本社の建築部門や現地の運営スタッフなど関係する者が多く、それらの対応にも時間を費やす。その割に、たとえ解決したとしてもリニューアルやブランディングなどと違ってはっきりとした成果が表れるものでもなく、社内的に評価されることはなかった。

それをなぜ、今の立場の自分が担わなければならないのか。いくら経験も知識もあるからといって、便利に使われるのではたまったものではない。

「嫌か」

保坂の口調が少し変わった。

「嫌というわけではありませんが、他に適任者がいるのでは。今は私、マルシェの件で手一杯ですし」

「いや、この件は……」何か言いかけた保坂だったが、途中で考えを変えたらしく、「分かった」と肯いた。

「じゃあ別の者に頼む。この件は忘れていい」

「……すみません」

頭を下げ、麻矢は課長の席から離れた。

思ったよりあっさりと指示を引っ込めたことに拍子抜けしたが、保坂も香りのブランディングを中止したことに少しは後ろめたさを感じているのかもしれない。いずれにしても、やっかいな仕事を押し付けられなかったことに安堵した。


昼休みになり、食事に行こうと廊下に出たところで携帯が鳴った。

夫の会社の塚田からだった。

「今日、甲本くんからメールがありました」

「え、本当ですか！」

思わず大きな声が出てしまう。

周囲に人はいなかったが、麻矢は廊下の隅に移動し、再び携帯を耳に当てた。

「――そちらには、連絡はないんですね？」

塚田が、窺うような口調で訊いてくる。

「はい」

無事でいたことに、とりあえずは安堵した。だがすぐに、自分には連絡がないことに小さく憤《いきどお》りを覚える。こちらの「現場」は放棄したままか。

「あの、夫は何と？」

「無断欠勤を続けたことへの詫びと、心身共にすぐれないので長期休暇を申し出たい旨が記されていました。もちろんメール一つで済ますわけにはいかないと返信しましたが、『後日改めて連絡します』と返事があってそれきりです」

「そうですか……」

「連絡がきたことは良かったですが、電話ではなくメールだったことに、少々懸念を覚えています」

「と言いますと」

「本当に本人かどうかの確認ができません」

「あ……」

それは思い浮かばなかった。

「アドレスは本人のものに間違いはありません。ただ、こういった連絡をメールで、とはいささか不自然に感じます。相変わらずご家族の方に連絡をいれていない、ということにも。『来社できないようだったら電話してほしい』と返信しましたので、連絡がありましたらすぐにお知らせいたします」

電話を切ってから、しばし思案した。

夫から連絡があった。自分ではなく、会社に。しかもメールで。

どう考えればいいのだろう。

——本当に本人かどうかの確認ができません。

かといって、「他人」がそんなメールをする理由がない。

そう考えてから、いや、と思い直す。

自分に届いた、あのメール。

あれもまた、夫のアドレスから送られたことに間違いはない。

だが、本人があんな画像を送ってくるはずがなかった。わざわざ、自分の不貞の証拠となるようなものを。

夫でなければ、誰が？

一緒にいた女――光博の横で笑みを浮かべていた璃子の顔が蘇る。

璃子が？

しかし、それもおかしい。夫と同じ理由で、わざわざ疑われるような画像を送ってくるとは思えない。

では誰が？　何のために？

いずれにしても、璃子には確かめなければならない。なぜ夫と一緒に画像に収まっているのか。一体いつ、どこで撮った写真なのか。そして、なぜそのことを自分に黙っていたのか――。

光博から会社にメールがあったことは、義母にも伝えなければならなかった。昨日、早希と交わした会話の件もある。帰宅してから、まずは教えてもらったばかりの早希のＬＩＮＥにメッセージを送った。

本当に本人かどうかの確認はまだできていない、という塚田の言葉も含めて記すと、すぐに既読になり、返事があった。

【連絡ありがとう。実はまだお母さんには昨日の件は話してないの。そのうちタイミングを見て

伝えるから、連絡があったと直接お母さんに伝えてあげて。安心すると思うから】

昨日は「画像」こそ見せなかったものの、光博に他の女性がいることは本当らしいと悟ったようで、早希の態度は少しだけ麻矢に同情的になっていた。

彼女には（了解）のスタンプを返して、改めて義母の電話番号を呼び出した。

「じゃあ無事なのね⁉」

電話口で、義母は歓喜の声を上げた。

この単純さが「母親」なのだろう。麻矢は妙に感心してしまった。

「まだはっきりとは分かりませんが」

「……どういうこと？」

麻矢は、塚田に言われたことをそのまま伝える。

「何言ってるの。本人じゃないなんてあるわけないでしょ」

「そう思いますけど……」

「麻矢さん――無事と分かって、嬉しくないの？」

口調には不審がにじんでいる。

「いえ、もちろん嬉しいですが……私のところへは何の連絡もないので」

「ああ、そうね……」

義母もまた、同情するような声になった。

「とにかく今は無事を喜びましょう。会社に連絡があったんだから、あなたのところへもそのうちあるでしょう。で、とにかく会って、事情を聞いて。いろいろなことはそれから。私からもしつこく連絡を入れてみるから」

　続いて世田谷署にも電話を掛けた。生活安全課の志村を呼び出してもらい、同じことを伝える。

「直接お話はされてないんですよね？」

　志村もやはりそれを確認してくる。

「はい。会社の方がメールでやり取りしただけです」

「となると、まだ本当にご本人であるか確認ができません。誰かが成りすましている可能性もありますので」

　塚田と同じことを言った。

「ご本人と直接会うか、少なくとも電話などで間違いなくご本人と確認できるまで、行方不明者届はそのままにしておきます。ご本人と話せましたらまた改めてご連絡の上、取り下げの手続きをしてください」

　誰かが成りすましている可能性。

　電話を切ってから、麻矢は頭の中でその言葉を反芻する。

　そうだとしたら、誰が、何のために？

　その「誰か」は、一体、何をしようとしているのか——。

　璃子とは、お互いの仕事が終わる時間に合わせ、会社近くの遅くまで営業しているカフェで待ち合わせた。

「とりあえずは良かったね」

会ってすぐ、璃子が言った。夫から会社にメールがあったことは、すでにグループＬＩＮＥで伝えてあった。

彼女の表情からも声の調子からも、「親友を案ずる」様子しか窺えない。

「うん、でも、まだ安心はできないけどね」麻矢は平静を装って答える。「会社の人や警察も、『本人かどうかはまだ分からない』っていうし」

「そうね……光博さんのアドレスから送られてるのは間違いないのよね？」

璃子の言葉に、麻矢は黙って肯く。

「となると、仮に誰かが成りすましているとしても、その誰かさんは光博さんの携帯を自由に使える人物ってことね……」

どこから見ても「演技」をしているようには思えなかった。

「実はね」

麻矢は、思い切って口にした。

「彼のアドレスからは、私にもメールが送られてきたの」

「え？　麻矢のところには連絡きてないって」

「全然違う内容のメールがね」

麻矢は、携帯電話を取りだした。保存した画像データを呼び出し、無言で璃子の前に差し出す。

怪訝な表情を浮かべた璃子だったが、無言で画面を覗き込んだ。

その顔に驚きが広がる。

「何、これ」

「少し前に送られてきたの」

麻矢は、じっと璃子のことを見つめた。璃子は即座に口にした。

「私は知らない」

「本当に?」

璃子の目を見つめたまま訊く。彼女は視線を逸らさず、

「本当よ」

と答えた。

「私が自分で送るわけないじゃない。こんな、疑われるような写真をわざわざ」

「疑うって?」

「だから――光博さんの相手じゃないかと」

「違うの?」

璃子は目を剝いた。

「違うわよ! まさかそんなことあるわけ――」

「璃子が光博みたいなタイプを相手にするわけないとも思ったけど、よく考えたら最近の好みは『陰キャのオタク』だったなあって」

「やめてよ！」

小さく叫ぶ。「だからって麻矢の旦那とどうかなるわけないでしょ！」

「でも、会ってたのよね。送ったのは璃子じゃなくても、写真は本物でしょ？」

「……説明する」

璃子はすっかり冷めたコーヒーを一口飲んでから、話し始めた。

「確かに、その写真は本物。光博さんと偶然会った時に撮ったの。会ったのは本当にこの時だけ。光博さんが家を出たって麻矢から聞く前のことよ。もちろん今、どこにいるかも知らない」

「本当に？」

「本当だって！」

璃子は懇願《こんがん》する口調になった。

「信じて。光博さんの相手は、私じゃない」

「でもこの写真じゃ、仲良さそうに見えるけど。一回きり、偶然に会ったようには見えない」

写真の中の二人は、手こそ繋いでいないものの、くっつくような距離でカメラに向かって同じような笑顔を向けている。

「偶然会ったっていうけど、いつ、どこで？　ごく最近よね。今年の夏なのは間違いない」

夫がこのシャツを通販で買ったのは七月に入った頃だ。彼宛ての通販らしき宅配便が届いていたのでよく覚えている。

璃子が、考え込むように俯いた。

「……八月の、二十七日だったかな……土曜日。場所は、恵比寿《えびす》の——プラザ。リニューアルしたばかりの時よ。麻矢たちにも一緒に行かないかってグループＬＩＮＥで誘ったでしょ？　覚えてない？」

覚えていた。一人で出かける予定があったので断わったのだ。

「買い物して、テラスに出たところで声を掛けられたの」

「光博から」

「そう」

八月二十七日の土曜。その日自分がどうしていたかも覚えている。

サイクリングで、初任地まで遠出をした時だ。

日村夫人と再会したあの日——同じ時分に、夫がどこでどう過ごしていたかなど、もちろん知らない。知ろうともしなかった。

恵比寿という場所やそんな店を訪れることはそれまでの行動範囲からは考えにくかったが、もはや自分が彼のことをどれほど知っているのか、自信はなかった。

「……でも今思えば、偶然じゃなかったのかも」

璃子が、呟くように言った。その顔には、不審の色が浮かんでいる。

「はめられたのかも」

「——誰に」

「分からない」璃子は首を振る。「私と麻矢を仲違いさせようとしている誰か。光博さんも、グルよ」

「どういうこと？」

「二人並んで写真撮ろう、って光博さんに言われたの」

その時のことを思い出すように言う。

「麻矢を脅かそうって。麻矢から聞いてた光博さんの感じとは違ってたから、ちょっとおかしいなとは思ったの」

璃子の顔には、はっきり疑念が広がっている。

「でも断るのも変でしょ。だから言われるままに、撮ったの。『楽しそうに笑って。麻矢が二人の仲を誤解するぐらいに』って言われて」

確かに、夫はそんなことを口にするタイプではなかった。

「そうだ！」

璃子が麻矢のことを見た。

「実際、光博さんはその場で写真を送ってた。私は麻矢に送ったのだと思い込んでた。でもあれは」

別の誰かに送っていた——。

「何ですぐに話してくれなかったの」

そう言うと、「麻矢の方から言ってくると思ったのよ」と即答する。

「『何よあの写真』って。でも言ってこないんで、おかしいな、って思って。光博さんに確認したくても連絡先も聞いてないから確認しようもなくて。麻矢に話そうと思ってたところで、友里香の、あのことが起こって――」

ガーベの件で、それどころじゃなくなった。話の筋は通っている。

しばし思案してから、言った。

「分かった。信じる」

麻矢の言葉に、璃子は安堵の表情を浮かべた。

「良かった」

写真を見た時は、正直、璃子が夫の相手なのかと疑った。だが彼女が言うように、疑ってくださいといわんばかりの写真を送ってくるわけがない。

写真自体は本物でも、これは、誰かによって「つくられた」ものだ。

璃子に不審の目を向けさせるために。

夫ではもちろんない。

この写真を送ってきたのは、彼の携帯を自由に使うことのできる誰か。

会社にメールしたのと同じ人物――璃子ではない別の女だ。

璃子と別れてからの帰宅途中、携帯がＬＩＮＥの着信を知らせた。

千田からだった。若月たちとのグループＬＩＮＥではなく、直接のメッセージ。

何だろうと思いながら、千田のアイコンをタップした。

【こんにちは。突然すみません。仕事の件でちょっとご相談があって、こちらにメッセージいたしました】

　いったん区切られて、次の文面が続く。

【実は私は、エグゼクティブサーチの仕事をしています。以前から薗部さんのお話を聞いていて、今の職場では薗部さんの能力を十分に活かしきれていないのではないか、と感じていました。先日、有能なデベロッパー経験者を欲している企業からの相談を受け、薗部さんのことが思い浮かびました。詳細は直接お会いしてお話ししたいのですが、いかがでしょうか】

「エグゼクティブサーチ」という言葉に聞き馴染みはなかったが、文面からヘッドハンティング、スカウトのことだと想像がついた。千田は人材派遣の会社に勤めていると言っていたが、そういうことか。

　理解はしたが、突然のことで、どう受け止めていいか分からなかった。

　今の職場、というか上司に不満がないわけではなかったが、転職などこれまで考えたこともなかったのだ。

　既読をつけてしまったので、スルーするわけにもいかない。しばらく思案し、今の率直な気持ちを記して返した。

【ご連絡ありがとうございます。つまり、ヘッドハンティングですよね？　正直、意外で、すぐにお返事できません。お話を聞くかどうかも含めて、少しお時間いただけますか？】

　千田からの返事はすぐにきた。

【お返事ありがとうございます。突然で戸惑われるのは当然だと思います。それでも、薗部さんにとって決して悪いお話ではない、とだけはお伝えしておきます。話を聞いてもいい、というお気持ちになりましたらご連絡ください。勝手ながらこの件は、若月たちには内密にお願いできれば幸いです。ではまた】

麻矢も、【了解いたしました。後日、改めてご連絡いたします】と返事をして、やり取りは終わった。

携帯をテーブルに置こうとして、再び持ち上げる。

ＬＩＮＥ画面を開いて、千田からのメッセージに改めて目を通した。

自分のどこを見て、どういう話を聞いて、麻矢のことを分かってくれたのだろうか。

不思議ではあったが、そんな風に見てくれていたことに喜びがこみあげてくる。

今の会社に入ってから、仕事で多少褒められることはあっても、「能力を評価されている」と感じた場面はほとんどなかった。

一体どんな企業が自分を欲してくれているのだろうか。

戸惑いは消えていなかったが、とりあえず話だけでも聞いてみようか、という気になっていた。

さわやかな晴天となった日曜の午後。麻矢は久しぶりにサイクリングに出かけた。ロードバイクに乗るのは、最初の勤務地まで遠出をしたあの日以来だった。

まだ二か月と経っていないのに、何だかずいぶん昔のような気がする。あの時はまだ日陰に入らないと暑いぐらいだったのに、今日は涼しさを通り越して空気の冷たささえ感じる。季節は確実に変わっているのだ。

　今回は、さほど遠出をするつもりはなかった。代々木公園まで行って、朝手作りしてきたお弁当を周囲の景色を見ながらのんびり食べよう。そんな予定だった。

　無心に、ひたすらペダルを漕《こ》いでいると、頭の中が空っぽになっていくようだった。腿が悲鳴を上げ始めても、アドレナリンかエンドルフィンか知らないが、脳は心地よさを感じている。

　すべてはうまくいくような気がしてきた。

　一つには、昨日、千田と会って話をしたことが大きい。

　土曜の午後、千田と都心の高級ホテルのラウンジで落ち合ったのだ。


「お忙しいところ、すみません」

　同じスーツ姿でも、いつもバーのカウンターで見る姿とはどことなく違う印象を受けた。

「改めまして、どうぞよろしくお願いいたします」

　千田が名刺を差し出してくる。下の名前は、慎一《しんいち》というのだと初めて知った。社名は、グローバル・ハイ・アソシエイツ株式会社。肩書はなかった。

「エグゼクティブサーチという言い方は、元々は経営者や上級管理職に合致する人材をピンポイントで発掘する採用手法で主に外資系の会社で用いられていましたが、最近は人材の流動化やグローバル化が進んで、経営層に限らず、ミドルマネジメント層や先端事業を推進する優秀な人材を獲得するために活用されています」

千田の口調は淀みない。

「特に新規事業の立ち上げなどのケースで企業の戦略策定や業績においてより成果をあげられる人が求められていますが、そのために必要とされるのは経験・スキルだけではありません。経営層やキーパーソンとの相性、従業員を牽引する人柄・リーダー性、企業文化や組織との相性なども重要となります」

話の意味は分かるが、自分とは無縁のことのように思えた。

「前置きが長くなってすみません」

麻矢の戸惑いの表情に気づいたのか、千田が苦笑を浮かべた。

「そういう条件の人を探してほしいと、私が依頼されている企業は、こちらです」

千田が、バッグからクリアファイルを取り出し、差し出してきた。

一礼して受け取り、中に入っていたパンフレットを取り出す。

思わず、息をのんだ。

業界で一、二位を争う大手デベロッパーだった。誰もが知る多くの商業施設を開発している。

実を言えば、麻矢の就活においても第一志望の会社だった。あえなく一次面接で落ちたが。

その会社が、自分を――。

嬉しさよりも、まさか、という思いと、なぜ、という疑念が交錯した。

「あちらから、私を?」

千田は、笑みをたたえながら首を振った。

「そうではありません。私が薗部さんのお話をお聞きしているうちに、クライアントからの条件と合致するのでは、と思い、推薦したのです。今はもちろん、クライアントも薗部さんのこれまでの経歴についてはご存じです。特に――のリニューアルオープンの企画の中心を担ったことに高評価をいただきました」

あの仕事を――自分の功績として評価してくれたのか。

麻矢の胸のうちに、温かいものが広がった。報われた、という思いだった。

誰かが、きちんと見てくれていたこと。誰かから、認められること。自分は、ずっとそれを待っていたのだ。

「クライアントは、来年度に新規部署を立ち上げます。そこのサブリーダーとして薗部さんをお迎えできないか、という話です。ちなみに、リーダーも女性です。悪い話ではないと思います。どうぞじっくりお考えください、と言いたいところですが、こういうものは常に競合相手がいます。薗部さんが受けられない場合はすみやかに他の方に当たらなければなりません。今月中にお返事いただければ幸いです」

今月中。あと二週間――。


それが、昨日の午後のこと。

考える時間はある。でも、とペダルを漕ぎながら麻矢は思う。

結論はすでに出ている。

今の職場にはようやく慣れたところで、これからが本当に自分の能力を発揮できる時間なのかもしれないと思う一方で、あの課長の下ではいくら頑張っても先は見えている気がしていた。

これは、チャンスなのだ。夫の不倫、失踪という不運と引き換えに、神様が自分に与えてくれた幸運。

もちろん、転職したからといって今よりいい環境が待っているとは限らない。期待が大きい分、プレッシャーもかかる。失敗した時の反動は今までの比ではないかもしれない。

それでも、新しいことにチャレンジしたい。

あれこれ思い悩むのはもうやめた。自分は、自分にできることをすればいい。自分でコントロールできないことは気にしても仕方がない。

夫のこともそうだ。夫が何を考えているのか。何をしたいのか。麻矢にはさっぱり分からない。分からないことは、考えても仕方がない。

会社にメールがあったということは、無事なのだろう。義母のようにシンプルにそれを喜べばいいのだ。たとえ、自分の元に帰ってこなくとも。

そんな風に考え、気持ちがずいぶん楽になった。

予定通り代々木公園に到着し、園内でレンタサイクルを漕ぐ人たちに交じって少し走り、適当な場所を見つけて昼ご飯にしようとバイクを止めた。

弁当を取り出すついでに携帯電話を手に取って、着信に気づいた。

璃子からだった。

何だろう。「画像」の件についての疑いは晴れていたから、ＬＩＮＥではなくわざわざ電話を掛けてくる用件が思い当たらなかった。

訝しくは思ったが、気持ちは明るいまま折り返しのボタンを押した。

璃子は、ワンコールで出た。

「麻矢、大変よ」

電話の向こうから、璃子の叫ぶような声が聞こえた。

「ガーベの記憶が戻っちゃったの！」

半秒ほど置いて、その意味するところを理解した。先ほどまでの素晴らしい気分は、一瞬にして消え去った。

「どこまで？」

それでも祈るような気持ちで問い返す。

「全部」

祈りは通じなかった。ついに恐れていた時がやってきたのだ。

「ガーベ、何だって？」

「私たちを集めろって、話をしたいって」

私たち——友里香だけでなく、璃子と麻矢、三人全員を。

「何、話って……」

「分からない。とにかく他の二人も呼べって言ってるって、友里香が」

「嫌よ、私」

「私だって嫌よ。だけど、来なければ警察に行くって言ってるって」

警察……。自分は何か罪になるようなことをしたかと、麻矢は必死に考える。していない。まだ何もしていなかったはずだ。

決心して、告げた。

「悪いけど、私、行かない」

「友里香がどうなってもいいの？」

すぐにそう返され、決心は早くも揺らぐ。

「……行かないと、友里香はどうなるの？」

「ガーベが警察へ行く。友里香のしたことを告げて被害届を出されたら、友里香は罪に問われるかもしれない。もしかしたら殺人未遂、よくて傷害、暴行」

「そんな。だってガーベ、何ともなかったじゃない」

「記憶障害を起こしたでしょ。入院治療もした、それは立派な『被害』よ」

「そんなの分かんない、私には——」

関係ない。そう言おうとして、寸前で思い留まった。

友里香のことを思えば、それは口にしてはいけないセリフだ。

「弁護士に——」

言いかけて、これも途中でやめる。友里香が懇意にしている弁護士は、そもそもガーベの紹介なのだ。

「何とかならないの」

結局そう口にするのが精一杯だった。

サイクリングの親子連れが近くを通った。何がおかしいのか、笑いが弾ける。麻矢もさっきまではあちら側にいたはずなのに。

「何とかするために、私たちに来てくれって。友里香はそう言ってるのよ」

携帯の向こうから聞こえる璃子の声に現実に引き戻される。

「とにかく麻矢も今から来て。そこから先は、ガーベが何を要求してくるかを聞いてからまた考えればいい。とにかく今は」

行かなければならないのか。

「分かった」

璃子と落ち合う段取りをつけて、電話を切った。

切ってから、璃子が残した言葉が頭の隅で顔をもたげてくる。

――ガーベが何を要求してくるかを聞いてから。

何を「要求」してくるというのか？　ガーベが、私たちに？

8

友里香の家を訪れるのは、あの日以来だった。今度も家の少し手前でタクシーを降りた。あの時も気が重かったが、今度はそれ以上だ。隣に璃子がいてくれることだけが救いだった。

二人並んで玄関の前に立つ。

「大丈夫、何とかなる」

璃子の言葉に形だけ肯いた。何とかなるとは到底思えなかったが、もうここまで来てしまったら逃げようがない。

璃子がチャイムを押すと、しばらくしてドアが開いた。

友里香が立っている。

「……来てくれてありがとう」

青ざめた顔で、震えるような声を出した。状況は想像以上に悪い。彼女を見て、そう悟った。

「結菜ちゃんは？」

「お義母さんがみてくれてる」

「あっちに預けてるの？」

憔悴《しょうすい》し切った顔で友里香が答えた。「……昨日から」

「あがって」

友里香に促され、靴を脱いだ。普段より数段、動作が鈍いのが自分でも分かる。ガーべとの対面までの時間を少しでも延ばしたかった。

だがそれも叶わない。あの時と同じように廊下の突き当たりのドアを開ければ、ガーべがいる。

前回と違うのは、意識を失ってソファの横に倒れていたガーべが今、そのソファに足を広げて座り、入ってきた麻矢たちを薄笑いを浮かべて見つめていることだった。

「いらっしゃい」

気味の悪い笑みを浮かべたまま、ガーべこと榊哲也が言った。

璃子と麻矢は、小さく頭だけを下げる。

「どうぞ」

哲也が右手を伸ばした。

そこに座れと言っているようだ。ローテーブルを挟んだ向かいに、クッションの類は置かれていない。友里香がそこに、膝を揃えて座った。仕方なく璃子と麻矢もそれに倣う。

自然と、哲也の前に正座させられる、という恰好になった。

「よく来てくれましたね。うちに来るのは二回目……じゃない、三回目ですか」

哲也がそう言って口の端をあげる。麻矢も璃子も何も答えなかった。

「今日、お呼びたてしたのは、聞いているでしょうが――全部思い出しましてね」

哲也はわざとらしい間を置き、続けた。

「あなたたちが私に何をしたか、何をしようとしていたか」

「私たちは、何もしていません」

璃子がすぐに言い返す。

「あんたはガムテープを持ってた」

哲也の口調が変わった。璃子を睨むようにして言い放つと、今度は麻矢の方を向いた。

「あんたは私の足を押さえてた」

「押さえてません！」麻矢は小さく叫んだ。

押さえていただろうか？　いや、まだだ。璃子に言われて押さえようとした時、友里香が叫び声を上げて――。

「押し問答は止めましょう」哲也が冷徹な声を出す。「とにかく、あなたたちが、私をどうしようとしていたかは明らかだ」

「何もしようとなんてしていません」

璃子が怯まず言い返す。

「じゃあなぜあの時、うちにいたんです？　三人揃って」

哲也は平然と言い放った。

「目の前に意識を失って倒れている男がいるのに、救急車も呼ばすに何をしていたんです？」

「まず友里香のことを落ち着かせようとしていたんです」璃子が答える。「どうしようどうしようって、彼女、気が動転していて」

「あなたたちを呼ぶ暇があったら救急車を呼んでもらいたかったですねえ」

　哲也は余裕の表情だった。

「友里香だけじゃなくて、あなたたちもね。友人から『夫を突き飛ばしてしまった、意識がない』そう聞いても救急車も呼ばずにのこのこと集まった。そして、あなたはガムテープを」

　璃子を指さす。続いて麻矢のことを。

「あなたは私の足を摑んで。一体何をしようとしてたんです？」

　おかしい。麻矢は思った。

　本当にそんなことを覚えているのか。麻矢自身でさえ記憶が曖昧なのに。

　あの時――哲也がどの時点で目を醒ましたかは知らないが、璃子や自分が何をしようとしていたか、冷静に見ていたというのか？

　哲也が言った。

「死ねって言ったんですよ」

　友里香のことをじっと見つめ、繰り返す。

「お前なんか死ねって」

　友里香は両手を握りしめ俯いたまま動かない。

「私にそう言って、そして、突き飛ばした」

　友里香を睨《ね》めつけながら、哲也が続ける。

「大方、他に男でもできたんでしょう。最近、外出が増えておかしいなと思ってたんです。それで、私のことが邪魔になったんです」

璃子と麻矢に向き直って、告げた。

「友里香は、私を殺そうとしたんです。あなたたちも、共犯です」

「待ってください！」

璃子が小さく叫んだ。さすがに表情が変わっている。

「家の中で、大の男を女が突き飛ばしただけで、殺せるわけがありません。その時友里香がなんと言ったかは知りませんが、そんな言葉のあやです。友里香は浮気なんかしていません。外出が増えたとしたら、その相手は私たちです。あなたを殺そうとする理由なんてないんです。あれは、不慮の出来事でした。単なるアクシデントです。あなたに生命の危機がないことは最初から分かっていた。それでも動転してしまい、どうしていいか分からなくて私たちを呼んだ。事情が分からないまま私たちが来て、まさに救急車を呼ぼうとしていたところであなたが意識を取り戻した。それだけのことです」

「――中々弁が立つ」

哲也がにやりと笑った。

「まあいいでしょう。警察がどう判断するか、真偽のほどは専門家に任せましょう。私は、これから被害届を出しにいきます。あなたの」

哲也は麻矢を見た。

「お勤め先も分かっています。まあお二人の行為が犯罪に当たるかどうかはともかく、事情は訊かれるでしょうな。そして友里香は間違いなく罪に問われるでしょう。もちろんその前に離婚する。結菜の親権がどちらにいくかは言うまでもない。では」

哲也が立ち上がった。

会社に知られるのはまずい。麻矢は焦りを覚えた。いやそれ以上に――。

「待ってください」

麻矢は思わず、声を上げていた。

「何です？」

哲也が麻矢を正面から見据える。

どうすれば哲也を止められるのか。考えても何も浮かばない。

「警察に行くのは、やめてください」

そう言うしかなかった。

「あなたたちに非はないんでしょう？　だったら関係ないじゃありませんか。お忙しいところ、お呼びたてしてすみませんでした。どうぞお帰りください」

麻矢は、助けを求めて璃子の方に目をやった。

何か言って。どうにかして、と。

自分のことよりも、友里香を助けたい気持ちが勝っていた。

璃子が、仕方がない、という表情で首を振り、哲也に向き直った。

「どうすれば、友里香を訴えないでいてくれますか」

哲也が、ほう、というように璃子を見下ろした。そして、ゆっくりと座り直す。

「そういう話をさせてもらえるならば、もうちょっといていただきますか」

麻矢はひとまず安堵したが、璃子は硬い表情を崩していなかった。

「私もね、事を荒立てたくはないんですよ」

哲也が再び口元に笑みを浮かべて言う。

「結菜を母親から引き離すのも本意ではない。あの子のためにもなりませんしね」

友里香の顔が歪んだのが分かった。

「まあ、率直に言えば、慰謝料です」

哲也の言葉に、璃子が小さく息を吐いた。

「友里香に金はありませんからね。代わりに『共犯者』のお二人に用意してもらおうと」

「――額は」

「一千万」

哲也は言下に答えた。

「それぐらいなら、二人合わせればなんとかなるでしょう。非常に良心的な金額でしょう？　どちらがどれだけ負担するとかはお任せしますので。期日はとりあえず二週間後、にしましょうか。慰謝料を受け取るまで、友里香は結菜には会えません」

友里香が俯いた。

「ということで、話は終わりです。今度こそ、どうぞお引き取りください」

哲也が立ち上がり、玄関の方に二人を促した。

璃子と二人、玄関を出た。無言のまま送ってきた友里香が、サンダルを履き一緒に出てくる。

「……こんなことになっちゃって……ごめんなさい」

立ち止まり、二人に向かって頭を下げた。

「しょうがないわよ」璃子が答える。

「二週間ある。その間に作戦を練りましょう」

その言葉に、友里香が怪訝な表情を浮かべた。

「作戦……？」

「このままガーベの言いなりになるわけにはいかないでしょう。また三人で知恵を絞るの。本当は何を言われてもつっぱねなきゃいけなかったんだけど――」

自分のせいだ、と麻矢は悟った。自分の一言が、哲也に付け入る隙を与えてしまったのだ。

「でも、結菜に――」

友里香が今にも泣き出しそうな顔で言う。

「結菜ちゃんと会えないのは辛いと思う。でも今は辛抱して。必ず会えるようにするから」

「お金を……？」

友里香の言葉に、璃子はきっぱり首を振った。

「そんなお金は払えない。払ういわれもない」

「そうよね……」

友里香は下を向いたが、麻矢は安堵した。璃子の言う通りだ。でも、ではどうすればいいのか。

「何か手があるの？」

麻矢の問いに、璃子は「今は何も」と首を振る。

「でもまだ二週間猶予がある」

思いつめた顔の友里香が、「何とかなるかな……」と呟いた。

「するのよ。しなきゃしょうがないでしょ。とりあえず今日は持ち帰って、それぞれ何かいい手がないか、考えよう」

「……分かった」

璃子が友里香に向かって声を掛けた。

「友里香、しっかりね」

「……うん」

友里香の表情にも、少しだけ生気が戻ったようだった。

「じゃあ、連絡するから」

友里香と別れ、駅までの道を璃子と並び歩く。

「本当に何とかなると思う？」

麻矢は、もう一度璃子に尋ねた。

「……分からない」

友里香に向かって答えた時ほど、その声に力強さはなかった。

「私たちがしたことについては、何も証拠がないのは事実。友達に頼まれて、状況が分からないまま集まっただけ。救急車を呼ぶ必要があるか様子を見てた、と言えば特に不自然でもない」

「でも、時間がかかりすぎてる」

璃子自身が言っていた。未必の故意。

「そんなの大した問題じゃない。警察が捜査でもすれば別だけど、実際に何もしてないんだし」

本当にそう言い切れるだろうか。

「あのね、璃子」

話すことにした。

「私、実は今、転職の話があるの」

利己的だと思われるかもしれない。だが、今の麻矢にとっては大事なことだった。

「だからこの件を今の職場にもだけど、転職先に知られるのはどうしても避けたい」

「——分かった」

璃子は肯いてから、「いずれにしても、問題は友里香よ」と続けた。

「ガーベを突き飛ばしたのは事実だし、ガーベがそう証言したらもしかしたら逮捕されるかもしれない。たとえ罪には問われなくても、結菜ちゃんとは引き離される」

そして現に今、結菜ちゃんは向こうの親のところにいる。「人質」にとられているのだ。

「何とかしなきゃね」

璃子が呟いた。そして、麻矢の目を見て今度は力強く告げた。

「大丈夫、三人いれば何とかなる」


家に戻ってからも夕飯をとる気にもならず、リビングのソファに身を沈めていた。

――三人いれば何とかなる。

何度も璃子のその言葉を思い起こしていた。

本当に何とかなるのだろうか……。とてもそうは思えなかったが、今の麻矢には彼女の言葉にすがるしかない。

食欲がなくても何か口に入れなくてはと立ち上がった時、エントランスのチャイムが鳴った。

ハッとして時計を見る。宅配便にしては遅い時刻だ。

また早希が訪ねてきたのだろうか。

怪訝に思いながらインターフォンに近寄った。カメラには俯き加減の男性の頭部が映し出されている。宅配便ではない。もちろん夫でも。

しかし、その姿に見覚えがあった。

「はい？」

スピーカーボタンを押して応答すると、男が顔を上げカメラを見た。

「よう」

兄だった。

もう何年も口をきいていない、顔を合わせたことすらない兄の康明が、なぜかそこに立っていた。

「どうしたの」と訊いても「入れてくれよ」としか答えないので、仕方なくオートロックを解除した。少し経って、玄関のチャイムが鳴る。ドアスコープで康明であることを確認して、ドアを開けた。

「よう」

先ほどと同じ挨拶を繰り返し、入ってきて靴を脱ごうとする。

上がるつもりなのか。いやここまで来たからにはそうだろうと思いながらも、突然やってきて上がり込んで、一体何の用なのかと不安は募るばかりだ。

「どうしたの、突然」

廊下を歩きながら、麻矢も同じ言葉を繰り返す。

「元気そうだな」

質問には答えず、康明は傲岸な口調でそう言った。

「そっちこそ」

引きこもっていた割には、と皮肉を込めて応えたが、通じているかどうかは心もとなかった。

勧めもしないのに、ダイニングの椅子を引き寄せ座った兄をただ見ているわけにもいかず、

「何か飲む」

とキッチンに入った。お茶の類のつもりだったが、

「そうだな、たまにはきょうだいで一杯やるか」

と呆けた答えが返ってきた。

「お酒を飲むつもりなの？」

麻矢の咎めるような声に、康明はキョトンとした顔になる。

「いや、お前が訊くから」

「コーヒーとか紅茶って意味よ。今まで二人でお酒を飲んだことなんてないでしょ」

「そうだったか」

康明は、ぼんやりとした表情で呟いた。

それと、「お前」って言わないで。続けようとした言葉は飲み込んだ。どうも様子が普通じゃない。それとも最近の兄はいつもこんな調子なのか。

いずれにしてもあまり刺激しない方がいいかと考え、「お茶でいいよね」と支度をした。

麻矢が茶を淹れている間、康明は無言だった。

ダイニングテーブルに湯飲みを置くと、「お」と小さく反応する。

湯飲みには手を当てたものの、口に運ぶでもなく、相変わらずぼんやりとした表情を浮かべている。

「最近は外に出てるの」

母から聞いてはいなかったが、兄はようやく「あの部屋」から出るようになったのか。その延長で——つまり下界に少しずつ慣れていく練習として——妹の家を訪ねてみる気になったのかと思ったのだった。

しかし康明はこの質問にも答えず、唐突に言ったのだ。

「光博くん、まだ帰ってこないのか」

一瞬、言葉が出なかった。

なぜ知っている？

光博の失踪については、両親には話していない。話しても心配させるだけだし、理由の詮索もされたくなかった。しかし他に、兄がその件を知るルートはない。

ということは、母もすでに知っているのか？　一体どこから——そこまで考えて、思い当たった。

そうか、義母か。

考えてみれば、何のことはない。滅多なことで親同士が連絡をとることはないはずだが、今回の件は「滅多なこと」ではない。義母が、自分の把握していない事情を何か知っているのではないかと母に連絡をとっても不思議ではなかった。

「お母さんから頼まれたの？　探って来いって？」

今度も嫌味な口調をつくったつもりだったが、康明の表情にやはり変化はなかった。

「何か分かったのか」

尋ねられ、無言で首を振った。

「警察には届けたんだよな」

とりあえず肯きだけ返す。

「何の手掛かりもなし、か」

「ねえ、一体何なの」思わず口調が強くなる。「そんなこと訊くためにわざわざ来たわけじゃないんでしょ」

「何で。いけないのか」

「いけないって」

かみ合わない会話に、苛立ちが募るばかりだった。

「私のプライベートなことに関心なんてないでしょ。一体何なのよ、急に」

「パソコンとか、調べたか」

「は?」

「何か手掛かりとかあるかもしれないだろ」

「知らないわよ、そんなの。ノートは持っていってるし、うちにあるデスクトップのやつだってロックされてるし」

「……そうか」

呟くように言って、兄が立ち上がった。

「ちょっと!」

慌てて呼び止めた。康明はすでに背を向け玄関に向かっている。

「何なのよ。一体何しにきたの！」

背中に問いかけても振り向きもしない。無言のまま玄関で靴を履き、ドアノブに手をかける。

「お兄ちゃん！」

康明の動きが止まった。

ゆっくりと振り返る。

「……久しぶりに聞いたな、麻矢がそう呼ぶの」

口元には、笑みが浮かんでいた。

「小さい頃を思い出すな」

ゾッとするような笑みだった。

「心配するな、光博くんはじき帰ってくるよ」

康明は摑んだノブをゆっくり回すと、ドアを開けた。

「え、何それ……ちょっと、何か知ってんの！」

しかし康明は振り向かず、ドアを閉め、出て行った。

追いかけようとしたが、体が動かなかった。

一体なんなんだ。

麻矢は、しばし放心していた。

いきなり現れ、一体どういうつもりなのだ。

自室から一歩も出ない生活を送っていたというのに。

兄は、何を、どこまで知っているというのだ――。


「朝早くからご苦労さまです。今日も、清掃、よろしくお願いします！」

香奈の号令に、揃いのビブスをつけた若手社員とテナント従業員の代表者たちが、「よろしくお願いします」「お願いしまーす」と揃わぬ声で応えた。

麻矢も、皆と同じくゴミ袋とトングを持ち、ビル周辺のゴミ拾いにとりかかる。

不動産管理部門にいた頃の「雪かき」ほどではないが、今も似たような仕事はあった。それが、毎月決まった日に行う商業施設周辺の清掃作業だ。

近隣への「日ごろのご愛顧感謝アピール」と、社員・テナント従業員の団結心を培うことを目的として行われており、テナント従業員は強制ではないが、社員については入社十年目までの若手は参加が義務となっている。まとめ役はすでに香奈に任せており、麻矢はオブザーバー的に参加していた。

初めての参加者からの質問に答えたり、様子を見にきた町内会の役員と挨拶を交わしたり、とキビキビ動く香奈の姿にしばし見とれた。

自分もああだったのだ、と思う。彼女の年の頃。僅か数年前までは。

仕事に慣れ、交友関係も広がり、独身で自由気まま。これからが人生の本番だと信じて疑わなかった。

自分は一体、どこで間違ってしまったのだろう――。

そんな風に考えていたからか、清掃を終えてビルのトイレで並んで手を洗っている時に、

「嫌なこと全部、きれいに洗い流せればいいのにね」

などと呟いてしまった。

「麻矢さん、何かあったんですか？」

訝し気な顔を香奈が向けてくる。

「あるわよ、山のように」

誰かに聞いてもらいたかった。香奈だったら一番の相手だ。

「仕事でも」結婚生活でも、と出かけたのを「家のことでも」と言い換えた。

「何でも愚痴ってください、聞きますよ」

「そうね、今度ゆっくり聞いてもらおうかなあ」

軽く答えると、「飲みにでも行きますか」と香奈が身を乗り出した。

「そうだ、例のバーに連れて行ってくださいよ」

「例のバー？」

「前に言ってたじゃないですか。学生時代の友達とよく集まるバーがあるって」

「……そんな話、したっけ」

「しましたよ。学生時代のお友達と今でも仲いいなんて、羨ましいです。私なんか一人もいませんよ」

そんな話をいつ香奈にしたのだろうか。覚えていなかった。

「……麻矢さん、まさか会社辞めようとか考えてるわけじゃないですよね」

突然言われ、ドキッとした。

「何で」

香奈は、麻矢の表情を窺うようにしながら話した。

「実は先月のことですけど、視察でここを回ってる時、『この施設、リニューアルされてからすごく良くなりましたよねえ』って話しかけてきた人がいたんです。どういう人がリニューアルの担当をしたのか知りたがっている感じで」

「え、そうなの？　同業者かな……女性？」

「それが、割と年配の男の人で。……麻矢さん、もしかしてヘッドハンターから声がかかってるんじゃないですか？」

「何言ってんのよ。そんなことないよ」

笑って否定したが、内心、動揺していた。

千田だろうか。スカウトにあたっては、その過程で対象者の上司や部下などから当人の業績や人柄などをリサーチすることもあると聞いていた。

でも、まだ香奈に話すわけにはいかない。

「ただ、今の部署にいてもうできることは限られてるかなあ、とかはちょっとね。課長はあんなだし」

「ああ、この前も、何か無理難題を押し付けられそうになったみたいですね」

　無理難題――施設の漏水対応の件のことか。

「聞いてたの？」

「課長から。『薗部にしかできない仕事なんだけどな』って愚痴ってましたよ。結局自分でやることになったらしくて」

「課長が？」

「ええ、経験も知識もいる仕事なんで他に頼める人いなかったらしくて。あ、私なんか最初から無理ですよ」

　麻矢が何も言わないうちから香奈は顔を横に振った。

　薗部にしかできない仕事――あの時、保坂が言いかけたのはそのことだったのだろうか。

　そんな風に思っていたとは少し意外だったが、だからと言って都合良く使われたくないという思いに変わりはなかった。

「そんなことないよ、香奈だったら十分私の代わりは務まるでしょ」

　麻矢は同じトーンで続けた。

「他にも優秀な人材は育ってるし。だからね、そろそろお役御免かなあ、とか」

「ちょっと、やめてくださいよ」

　その強い口調に、麻矢は香奈の方を見た。

「麻矢さん、そんな弱気なこと、言わないでください」

こちらを見つめ、香奈が続ける。

「麻矢さんは、入社した時からずっと、私の憧れ、目標なんですから」

そんなお世辞を、と笑いかけたが、彼女は真剣な表情を崩さない。

「私はずっと、麻矢さんになりたい、って思ってるんですから」

「何それ」

麻矢はさすがに苦笑を返した。

「私みたいに、じゃなくて、私になりたいって？」

「だって、そうなんですもん」

香奈も笑顔になる。

「だからずっと、憧れの存在でいてください。勝手に降りないでくださいよ！」

「はいはい」

あしらうように応じはしたが、内心では救われる思いがしていた。

憧れ。目標。自分が、誰かにとってそんな存在でいたなど、考えもしなかった。

誰も見てくれない、というのは間違いだったのかもしれない。少なくとも、香奈はずっと見ていてくれたのだ。

千田からのスカウトに応じようとしていることに、少しだけ胸が痛んだ。

それでもやはり、このチャンスを逃すことはできない――。

9

千田へ最終的な返事をする前に、片づけなければならない問題があった。

夫のことももちろんだが、それ以上に頭を悩ませているのが、ガーベからの「脅迫」だ。

璃子から「持ち帰って、それぞれ何かいい手がないか、考えよう」と言われたものの、麻矢には何も「いい手」など思いつかなかった。

このまま何もしなければ、哲也は本当に被害届を出すかもしれない。「妻から殺されそうになった」などと訴えて警察はまともに取り合うだろうか。しかし「入院・治療」をした事実は間違いなくある。少なくとも友里香は事情を聞かれることになるかもしれない。彼女は自分たちのことを話すだろうか。そうなれば、自分たちにも警察から呼び出しが——。

それはまずい。麻矢は焦りを覚えた。転職を考えている今、そんな事態を招くわけにはいかない。

何としても、哲也を黙らせなければ。

かといって、「一千万」などという大金を璃子と折半できるはずもない。その半分さえ無理だった。哲也とてそれぐらい分かりそうなものだ。ああは言ったが、本当に自分たちがそんな大金を用意できるとは考えていないのではないか。できる限りの金を工面して、精一杯の誠意として提示すれば、考えてくれる余地はあるのでは……。

　世田谷署の志村から連絡があったのは、麻矢が「自分一人でいくらぐらいなら都合できるか」を本気で算段し始めた頃のことだった。

「区内の羽根木《はねぎ》公園のゴミ箱から、甲本光博さんのものと思われる財布が発見されました。現金は入っていませんでしたが、確認のため来署願えますでしょうか」

　聞けば、免許証や社員証の類は入っていないというが、いくつかの記名入りのポイントカードに交じって歯科の診察券が入っており、「甲本光博」の名前が記されてあったらしい。すでに当該歯科にも照会済みで、登録されている情報からも光博のものであることに間違いないようだった。

　財布自体は色あせた茶色の革製品で、イタリアのブランドだった。確認するまでもなくその財布には覚えがある。

「どういうことでしょうか」

　自宅からほど近い羽根木公園には、何度か行ったことがあった。確か、光博と一緒の時もあったはずだ。だが、なぜその公園のゴミ箱に彼の財布が捨てられていたのか、意味が分からない。

「現時点では何とも言えませんが、ご本人が捨てたとは考えにくいものがあります。第三者が遺棄したとなれば、何らかの事故や事件に巻き込まれた可能性が出てきます。こちらでは、今後は『特異行方不明者』として扱うことになりました」

届けを出した際にも教えてもらったので知っていた。通常の行方不明者では積極的な捜査はしないが、この扱いになると、捜査員を導入して行動範囲などを捜したり、遺留品などを科学的に検証したり、目撃情報や事件及び事故に関連していると見られる人物を割り出したりするなどの「捜査」が行われる。

何らかの事件や事故に巻き込まれた可能性――。

光博は、不倫相手のところに行ったのではないのか？

まさか、義母の心配が的中してしまったのだろうか……。

落ち着いて話ができるから、と璃子が指定してきたのは、偶然にも千田と会ったのと同じホテルのラウンジだった。

日曜の午後とあってラウンジはアフタヌーンティーを楽しむ客でそれなりに埋まってはいたが、他のテーブルとはかなり距離があり、コーヒー一杯が二千円もすることを除けば確かに落ち着いて話もできる。

璃子がテーブルに置いた何も書かれていない小さな袋を、先ほどから麻矢と友里香は凝視していた。

いくら見つめていても何も読み取ることはできないと悟って、麻矢は璃子に視線を移す。

「何、これ？」

友里香はまだ不審気に袋を見つめていた。

「薬」

璃子は短く答えた。そして、友里香に向かって言う。

「これをガーベに飲ませて。毎日一錠ずつ。砕いて、お酒に混ぜれば分からないから」

友里香がようやく包みから璃子に視線を移す。しかし表情は不安そうなままだ。

「……何の薬？」

「心配しないで」問いには直接答えず、璃子は言った。「亮介に処方してもらったものだから、違法な薬じゃないし、もちろん毒薬でもない」

黙ってしまった友里香の代わりに、麻矢が尋ねる。

「飲ませたらどうなるの？」

「記憶障害が起こる。前みたいに、いろんなことを忘れてくれる。あの時のことも」

「そんな都合がいい薬があるの？」

麻矢の問いに、璃子は黙って肯いた。

「本当に……？」

友里香が、そうっと袋に手を伸ばした。

「また、前みたいに戻ってくれるの？」

璃子を見つめた顔は、先ほどと打ってかわって期待に満ちていた。

友里香とは、ホテルの出口で別れた。彼女の足取りは、現れた時より間違いなく軽くなっている。

二人だけになるのを待って、麻矢は璃子に尋ねた。

「本当にあの薬を飲ませると、あの時のことを忘れてくれるの？」

「そんな都合のいい薬あるわけない」

璃子はあっさり答えた。

「え？」

「あれは、眠れないとか不安感が強いとか言えばどの精神科クリニックでも処方してくれる抗不安剤よ」

「じゃあ、嘘なのね？」

璃子は首を振った。

「全部が嘘ってことでもない」

「どういうこと？」

「前に、『記憶喪失になる薬はないか』って亮介に訊いた話をしたのを覚えてる？」

「うん、覚えてる」麻矢は答えた。

いつだったか友里香の軽口を受け、璃子が記憶喪失になる薬がないか亮介に訊いてみると応じた時のことだ。

「ある種の薬物を投与すれば記憶障害を起こすことはできるかもしれないけど、他にも脳に打撃を与えるから、その後のケアがかえって大変になるかもって」

「そう」璃子は肯き、「もうちょっと詳しく言うとね……」と続けた。

「たとえば睡眠薬の多くは『ベンゾジアゼピン系』と呼ばれる化学構造を持っているの。抗不安薬や抗てんかん薬なんかにもそういう薬がある。それらは病気の症状を抑える作用があるのと同時に、せん妄などを引き起こす可能性もあるの。だから専門の医師でも慎重な投与を要するとされてる」

　そういう話は、何かの記事で読んだことがあった。

「だから、今日渡した薬によって記憶の障害が生じる可能性はあるし、アルコールの同時摂取がそれを助長することも事実」

「それじゃあ――」

　麻矢が言いかけたのを、璃子は首を振って制する。

「でもそういう記憶障害って、せいぜい服薬してから寝るまでの出来事を忘れてしまうとか、翌朝目が醒めた後の数時間の記憶がないとか、その程度。過去に遡って長い期間の記憶をすっかり忘れてしまうようなことにはまずならない。よほどの量を、長い期間、投与しない限りはね」

「ちょっとぐらいガーベに飲ませても意味がないってこと？」

「まあそうね。ちょっと物忘れが激しくなったり、ぼうっとしたりすることはあると思うけど」

「『あのこと』を忘れてくれるわけではない……」

「そう都合よくはいかないでしょうね」

「じゃあ」

璃子の狙いは、どこにあるのか。麻矢の疑問を察したのか、璃子が答えた。

「ぼうっとしてもらえばいいのよ。もうろうとしてもらえば、なおいいわね」

麻矢はハッとする。

「璃子、まさか」

「このまま、ガーベに脅され続けるわけにはいかないでしょ」

平然とした様子で、璃子が続ける。

「お金なんか払わない。そんなお金ないし、仮に何とかかき集めて払ったとして、一度で済むとは思えない。一生、ガーベにカモにされる。それは友里香も同じよ。ここであいつに屈したら、一生このまま。結菜ちゃんのことに関してもガーベには逆らえない。本当に向こうの実家から帰してもらえるかさえ分からない」

麻矢のことを見つめ、言った。

「今度こそ、確実に、実行するの」


確実に、何を実行しようというのか。麻矢は訊くことができなかった。璃子の答えは分かっている。それを聞いてしまうのが怖かった。

自分には、そんなことはできない、できるわけもない。麻矢はそう思う。ガーベが記憶を失う原因となったあの時は、咄嗟のことで考える余裕もなかったから璃子の言うなりになっただけだ。大学生の時のあの夏の出来事もそうだ。夢中で、考える間もなく体が動いていたのだ。

……でも、と思う。もし、何らかの理由で「理性」を失ったら？

以前から気になっていたことではあったが、今日の璃子の話を聞いて不安が募っていた。

帰宅すると、リビングの戸棚に仕舞っていたビニール袋を取り出した。中に入っていたものを袋から出し、テーブルに置く。

夫の財布。イタリアのブランドで、色あせた茶色の革製品。警察に行って志村から受け取り、そのまま仕舞っておいたのだった。

——念のため指紋は照合しましたが、前科・前歴者に一致するものはありませんでした。

志村はそう言っていた。

——ご本人が紛失した財布を第三者が拾って、現金やカード、身分証の類だけ抜き取って捨てた、という可能性ももちろんあります。

麻矢は、そうっと財布に手を伸ばした。

璃子が言っていたことを思い起こす。「薬」と「アルコール」の関係。

——薬によって記憶の障害が生じる可能性はあるし、アルコールの同時摂取がそれを助長することも事実。

麻矢も、同じような薬を数日間とはいえ服用したことが、最近あった。まさしく、アルコールとの同時摂取で。

——そういう記憶障害って、せいぜい服薬してから寝るまでの出来事を忘れてしまうとか、翌朝目が醒めた後の数時間の記憶がないとか、その程度。

あの日――夫が出て行ったとおぼしき夜の記憶が混濁《こんだく》していた。
彼と交わした口論。その後の数時間――眠りにつくまでの間。
自分が何をしていたか、覚えていないのだ。
麻矢は、革財布を手に取った。
何度も行ったことのある公園のゴミ箱が、目に浮かんだ。
自分は一体、あの夜、夫に何を言ったのか。
彼は、本当に無事なのだろうか――。

　数日後の夕方、会社を出た麻矢は、璃子たちと会合を開いたのと同じホテルに再び向かっていた。

　十日も経たないうちに三度も同じホテルを訪れようとは思いもしなかった。今日は、ここのイタリアンレストランで千田と食事をすることになったのだ。

　千田には数日前に、【ヘッドハンティングの件、ありがたくお受けいたします】というメッセージを送った。その彼から【お返事のお礼に、ディナーをご馳走させてください】と誘われれば、断る選択肢はなかった。

　ラウンジとは違い、レストランは最上階にあった。同じ窓際でも、都心の夜景が一望できる席に案内される。すでにテーブルに着いていた千田が、軽く腰を浮かし「忙しいところすみません」と一礼した。

「この度はいろいろありがとうございます」

丁寧に頭を下げ、腰を下ろす。麻矢を見た千田は目を細め、「お似合いですね」とほほ笑んだ。さすがにディナーに行く恰好で出勤するわけにはいかず、駅のコインロッカーに預けたプリーツワンピースに、ホテルのトイレで着替えたのだった。

「いらっしゃいませ」

黒服の男性店員が目の前のグラスにシャンパンを注いだ。好き嫌いはない、と事前に伝えてあり、オーダーはすべて千田に任せてあった。

千田がシャンパングラスを軽く掲げる。

「前祝いということで」

麻矢は、どう応じていいか少し困った。

「でも、まだ決まったわけではないですよね」

麻矢の返事を受け、千田が改めてクライアントにその意思を伝え、来週、向こうの人事の人間と会うことになっていた。それが最終面接になるはずだ。

「なに、形式的なものです」と千田は軽く首を振った。「麻矢さんの採用はもう決まっていますので」

「そうなんですか？」

麻矢の方はまだ半信半疑だった。

「こんなことで嘘は言いませんよ」

千田の鷹揚な笑みを見れば、本当なのだと信じるしかなかった。

千田は麻矢の仕事の話を聞きたがった。リニューアルの時の苦労話や課長の人となりを多少誇張して話すと、彼は真剣な表情で肯き、時には声を出して笑った。

その間も、食事は次々に運ばれてくる。前菜、メイン前、メインの肉料理。デザートのジェラートからコーヒーに至るまで、すべてがおいしかった。

二時間ほどがあっという間に過ぎ、テーブルチェックを頼んだところで、「ただ、一つ気になるのは」と千田が口にした。

「ご主人のことです」

「ああ……」

麻矢の顔は曇った。やっぱり、そうか。

「もちろん、私はこの件については先方には伝えていません。ただ、何らかの理由で漏れた場合、全く影響しないとは言えません。少なくとも正式に採用が決まるまでは伏せることが肝要です」

「――はい」

もちろん自分の方から口にするはずもない。千田さえ秘密にしてくれていれば、興信所でも使わなければ先方が知るはずもなかった。

そう考えたところで、不安になった。

「あちらが興信所などを使うということは」

「それはありません」

千田は一笑に付した。

「いわば私が、その役目なわけですから」

「ああ、そうでした」

麻矢も笑った。だがふと、千田の目だけが笑っていないことに気づいた。

口元に笑みを浮かべたまま、麻矢のことを見つめている。

何だろう……？

その時、麻矢は全く気づきもしなかったのだ。

「今日は部屋をとっています」

千田は麻矢のことを見つめたまま、言った。

「今後のことは、そこでゆっくりお話ししましょう」


鍵を開け、自宅のドアを開けた。のろのろと靴を脱ぎ、部屋に上がる。

廊下を歩き、リビングに入った。着替えもせず、ソファに倒れ込む。

今晩の出来事は、思い出したくなかった。だがそう思うそばから、千田の顔が、言葉が、脳裏に蘇ってきて離れてくれない。

——今日は部屋をとっています。

そう告げられた時、自分がどんな表情をしていたのかは分からない。だが顔色は変わったのだろう。千田が、「いや、誤解しないでください」と言い訳するように言った。

「二人でゆっくり話をするには周囲に人がいないところの方がいいと思っただけで、それ以上の意味はありません。私は仕事のことで頭を整理したい時に、このホテルに部屋をとっているんです。今日も」

それでも麻矢が硬い表情のまま言葉を返せずにいると、

「でもまあ、気が進まないようだったらやめときましょう」

とあっさり言った。

「誤解させるようなことを言ってすみません」

軽く頭を下げて立ち上がった千田に、鈍い動作で麻矢も続いた。

ホテルを出るまでの間、麻矢は一言も発することができなかった。エントランスを出て、止まっていたタクシーに誘導され乗り込む時に、かろうじて、

「今日はごちそうさまでした」

と頭を下げた。

千田の方は「おやすみなさい」と何事もなかったように笑みを返してきた。

あの笑みは何なのだろう、と思う。

ホテルのレストランで食事をした後に「部屋をとってある」ことに、何の「誤解」があるというのだ。

……そういうことだったのだ、と麻矢は悟った。ヘッドハンティングの件も、最初から、そのつもりだったのだ。

考えたくないが、そう思わざるを得ない。

自分の能力を見込んでスカウトしてくれたと思っていたのに——。

一方で、その件は別なのではないか、という思いも湧いてくる。

今日のことはなかったことにして、転職については粛々と進めてもらえばいい。これは向こうにとっても「仕事」なのだ。

いや、でも——すぐにその考えを打ち消す。

転職が叶えば、千田には大きな借り——いや「恩」ができることになる。

今日のことは、あれで終わったわけではなく、一つの「始まり」なのではないか？

面接の後、転職が正式決定すれば、再度「祝いの席」が設けられることだろう。千田がそれを誇示せずとも、麻矢は深い感謝の念を抱かざるを得ない。

そこには、明らかに立場の違いが生じる。今までと同じ態度で接するわけにはいかない。

そこでまた、今日のようなことを言われたら？

実際千田は、「麻矢の秘密」を知っているのだ。それを先方に伝えられてしまったら終わりだ。

ある意味彼は、麻矢の生殺与奪の権を握っていると言える。

そんな相手の言うことに、果たして逆らえるだろうか。

そう考えると、千田が浮かべていた余裕の笑みも合点がいく気がした。

向こうは、焦る必要はないのだ。互いの「立場」を感じさせ、この転職の話を進めていくことで、麻矢の方にも「そのつもり」があることを自覚させる。

いずれ拒否できなくなる、と。

麻矢は、おもむろに携帯電話に手を伸ばした。

今しかない。

明日になり、明後日になり、話が進んでしまえば、もはや拒むことができなくなる。

そんなことは関係ない。転職は転職。それとこれとは全く別のことだ。

そう思おうとしても、もはや心底信じることができない。

自分自身を。

自分が、どれだけ今回の転職話に喜びとやりがいを感じていたか。この先、面接を経て正式に決まってしまえば、その喜びは今の比ではない。千田に対しての思いも、おそらく変わってしまう。

その時自分は、おそらく彼の申し出を断ることはできない。

麻矢は、携帯電話を操作した。ＬＩＮＥを呼び出すと、千田に向けてメッセージを打つ。

【今日はごちそうさまでした。あれからいろいろ考えてみたのですが、申し訳ありませんが今回の件、辞退させていただきます。一度は承諾しましたのに大変申し訳ありません。どうぞよろしくお願いいたします】

打ち終わってから、考えた。

本当に、いいのか?

このチャンスをふいにすることに、後悔はないか?

悔しかった。

そんなことで迷わなければいけないことが。

何で女であるというだけで、こんなに軽く扱われなくてはならないのか。

転職の話は、今の麻矢にとって、唯一の希望だった。それが、あっさりと踏みにじられたのだ。

目の奥から熱いものがあふれてくるのを感じた。夫の裏切りを知った時にも出なかった涙が、頬を伝うのが分かった。

麻矢は、送信のボタンを押した。


そんなことがあった翌日も、重い体を引きずるようにして会社には行った。だが以前のモチベーションがすぐに戻るわけもない。

時折、隣の席から香奈の問いかけるような視線を感じた。おそらく麻矢の様子がおかしいことに気づいているのだろう。だが何があったか話せるわけもなく、声を掛けられるのを避けるように接していた。

夜までの間に、ＬＩＮＥには千田からいくつもメッセージが届いていた。既読にせずともトーク一覧に表示される文字だけを見れば、内容は分かった。

もう、決めたのだ。「失礼があったらお詫び」などとおためごかしを言われようと、「社会人として無責任」「大人の対応を」などと誹られようと応じる気はなかった。

そして璃子からも、何度もグループＬＩＮＥにメッセージが来ていた。

【期限までに計画を詰めなきゃ】

【三人で直接会って話したい】

麻矢が突然返事をしなくなったので璃子も焦っているようだった。

それにも返事をしないでいると、着信があった。しかしとらずに携帯の電源をオフにした。

【明日の夜、集まろう。でないと本当にまずいよ】

　悪いとは思ったが、今は、友里香のことを考える余裕がなかった。

　自分がいなくても、璃子がついている。何とかしてくれるだろう。そもそもが痴《ち》話《わ》喧《げん》嘩《か》であり、ガーベは入院したといっても大きな怪我などはしていないのだ。友里香が逮捕されたりはしないはずだ。結菜ちゃんのことに関しては——可哀そうだが、家庭内のことだ。夫婦の間で解決してもらうしかない。

　私も、だ。麻矢は改めてそう思った。自分自身で解決しなければいけないのだ。

　今、私が向き合わなくてはならないのは——。

　麻矢は、立ち上がり、リビングを出た。

　廊下を進み、寝室のドアを開ける。失踪の手掛かりになるようなものが残されていないか探して以来だから、この部屋に入るのはほぼ二週間振りだった。換気もしていなかったせいで空気は生暖かく、淀んでいる気もした。

　窓を開け、外の空気を入れる。

そして、部屋を見回した。

目の前の小さなテーブルに置かれた、デスクトップパソコン。

兄が突然やってきた時に交わした会話が、今頃になって気になっていた。

――パソコンとか、調べたか。

一体、兄は何をしに来たのか。

何を確かめにきたのか。

もしかしたら――麻矢がこのパソコンを調べて何か光博の行方に関する「手掛かり」を摑んだかと確認しに来たのではないか？

そして、パソコンのロックを解除できなかったこと――何も摑めなかったことを知り、安心して帰っていったのではないか？

麻矢は、折りたたみ椅子を出し、テーブルの前に座った。

もう一度、やってみよう。

指を伸ばし、パソコンの電源をオンにする。起動音がして、壁紙の静止画が表示された。マウスに手をかけ、クリックする。

ロック画面になり、サインインを要求される。決められたワードを入れないと、ここから先には進めない。

さて、と思案した。この前、思いつくワードは試してみた。

他に何かあるだろうか。

光博の好きな映画、好きだと言っていた俳優の名前。両親や妹の名、出生地や出身校名の組み合わせ。仕事に関すること……。思いついたワードを片っ端から入れてみるが、どれも違う。他には……自分の場合はどんなパスワードを使っているかと考える。やはり、自分の名前やニックネームの組み合わせか。より複雑に、いろいろなパターンで試してみる。しかしどれも合わない。

当然だ。名前に記号を入れ込んだだけでも何十通りの組み合わせがある。すべてを試すことなど不可能なのだ。

それでも、麻矢は作業を続けた。

自分が知る限り、覚えている限りの光博に関する情報を総動員して、使いそうなワード、固有名詞、数字、アルファベット――。

ふいに、画面が変化した。

【ようこそ】という文字が現れ、次の瞬間、ホーム画面になっていた。

ロックが解除されたのだ。

エンターキーを叩く前に打ち込んだワード。それが光博の設定したパスワードだった。

麻矢は、しばし呆然としていた。

熟慮することもなく思いつくままに入れていたワードの一つだった。

まさか。あり得ない――。

だが、開いたのだ。あのワードで。

直前に麻矢が打ち込んだ言葉は、アルファベットで六文字。

Ｍ・Ａ・Ｒ・Ｕ・Ｔ・Ａ
ＭＡＲＵＴＡ――「丸多」は、二人で行ったおでん屋の名前だった。

――いい雰囲気のお店だね。

――何これ！　今まで食べたのと全然違う！

――おいしい！　また絶対来たい。

麻矢の「お薦め」の具である味の沁み込んでくたくたになった大根を口に運び、驚いた顔を浮かべていた光博。

幸福の絶頂だったあの夜。

だが、あの店には、もう何年も訪れていなかった。大根なんて元々嫌いだったのに、麻矢の手前、無理をして食べていたはずなのに。

なぜ彼は、あのおでん屋の名前などをパスワードにしていたのか……。

いや、そんなことを考えるのは後回しだ。

麻矢は、ようやく我に返って、マウスを動かした。

デスクトップには、さまざまなアプリのアイコンが表示されている。プリインストールされているものは飛ばし、光博が作成したファイルや新たにインストールされたアイコンを一つ一つ見ていった。

一番手掛かりを得られそうなのはもちろんメールフォルダだったが、こちらは二重にロックされており、さらにパスワードを入力しないと開かないようになっていた。

再度【ＭＡＲＵＴＡ】と入れてみるが、今度は開かなかった。仕方なく再び名前や生年月日などの組み合わせをいろいろ試してみるが、ダメだった。

いったん諦めて、他のアプリやフォルダを見ていく。

文書のフォルダは仕事関係のものばかりで、写真や動画はほとんどなかった。そういうものはスマホのフォルダに入っているのだろう。

後は、サブスクで視聴できる動画や映像の配信サイト、オンラインゲームのアイコンぐらいだ。中の一つに、目を留めた。

そのオンラインゲームの名前を、どこかで聞いたような気がする。麻矢はネットゲームには全く興味がないので、誰がいつその名を口にしたのかも覚えていないが、テレビなどではなく身近なところで聞いたような気もした。

どんな内容のゲームなのだろうとマウスを動かしてみた。クリックすると、アプリが起動する。オープニング映像が出て、スタート画面が開いた。

メールフォルダとは異なりアカウントもパスワードも自動保存されているようで、すぐにログインすることができた。表示されている【ＭＩＴＳＵ】というのが彼のプレイヤー名のようだ。

そこからどうやって進むのか分からず、しばらくマウスをあちこちに移動していると、突然、画面の下の方に窓が開き、文字が出てきた。

【おう、ようやく戻ってきたか】

自分が間違えて変なボタンを押してしまったのかと焦ったが、続けて、

【あれから連絡ないから心配してたんだぞ】

という文字が現れた。窓には、【ＹＡＳＵ】という名も表示されている。プレイヤー名だ。

オンラインゲームでチャットもできることは知っていたが、いきなり話しかけられるとは思わず、まごついた。

【今、どこにいるんだ？】

相手は次々に文字を打ち込んでくる。

成りすますのも悪いと、状況を説明するために返事を打とうとするが、初めてのことで要領が摑めない。その間も、相手のチャットは進んでいる。

【この前、妹のところへ様子見に行ってきたよ。あいつは何にも気づいてないみたいだなｗ】

麻矢の手が止まった。

【警察には届けたみたいだけどな、まああいつに何か摑めるわけはないかｗｗ】

何の反応もないことをようやく怪しんだのか、【ＹＡＳＵ】が、

【なんだよ、どうした？】

と打ち込んできた。

半信半疑のまま、麻矢はキーボードを打った。

相手は、様子を探るように沈黙している。

入れ替わりに、麻矢が打ち込んだ文字が表示された。

【おにいちゃん?】
反応はない。
もう一度、打ち込んだ。
【おにいちゃんよね?】
数秒後、相手のアイコンが、突然消えた。
逃げたのだ。
間違いない。あれは、康明だ。
兄と夫は、ネットで繋がっていたのだ——。

10

一刻も早く確かめたかったので、翌日、仕事を早めに切り上げて麻矢は実家を訪れた。

「どうしたの、珍しいわね」

事前に連絡を入れてはいたが、滅多に実家に足を向けない麻矢があまり間を置かずやってきたのを寿美子は不思議がっているようだった。

「やっぱり光博さんと何かあったの」

「何もないって」

寿美子の物言いから、光博の失踪をまだ知らないことが分かった。やはり、兄は母から聞いたわけではないのだ。

では、どこで、誰からそのことを聞いたのか。

ダイニングでしばらく互いの近況などを話したところで、

「お母さん、ちょっと買い物に行ってくるけど」

と寿美子が立ち上がった。

「あんたはまだしばらくいるの？　夕飯食べてく？」

「あ、ううん。夕飯はいらない。もうちょっとしたら帰る」

「じゃあ鍵かけて行ってね」

「うん。――あ、お兄ちゃんはいるのよね？」

「いるけど」

寿美子は、ちょっと気にしたように廊下の方に目をやった。

「鍵は持ってるでしょ」

「うん、持ってる。分かった、鍵かけて帰る」

「うん。じゃあ」

寿美子は財布を手にすると、玄関に向かった。

どうすれば母に怪しまれずに兄と話すことができるかと思案していたのだ。ここで母が短い間でも出かけてくれるのは好都合だ。ついでに兄の在宅も確認できた。

「いってらっしゃい」

寿美子が出かけたのを見届けてから、リビングを出た。

廊下を歩いて、康明の部屋の前に立つ。深呼吸を一つして、ドアをノックした。

返事はない。

「麻矢だけど、いるよね」

そう声を掛けたが、やはり応答なし。

もう一度ドアを叩き、

「ちょっと訊きたいことがあるんだけど」

と尋ねた。やはり無反応。

仕方なく、その場で告げた。

「この前、オンラインゲームで会話してた相手は、私。そう言えば、分かるよね？」

しばし待った。

ドアの向こうに人の気配がした。やがて、ガチャっと鍵を回す音がして、ドアが小さく開いた。

「入って、ドアを閉めろ」

兄は、そう言って奥に戻る。続いて麻矢は部屋の中に入り、ドアを閉めた。

カーテンを閉め切っていて、薄暗い。エアコンはついていたが、すえた匂いがした。

「窓開けていい？」

「ダメだ。用件だけ早く言って帰れ」

言い放って自分はベッドに寝転がる。麻矢は座る場所もなく、その場に立っているしかなかった。

「用件は分かってるでしょ」

努めて冷静に話した。

「分かるわけないだろう」

康明は平然と答える。

母が買い物から帰ってくるまでに話を終わらせなければならない。駆け引きをしている余裕はなかった。

「何で光博と繋がってるの」

正面から訊いたが、康明は答えない。質問を重ねる。

「オンラインゲームで知り合ったっていうこと？　いつから？」

やはり無言。

「何か知ってるんでしょ。光博の失踪について」

康明は、表情一つ動かす気配がなかった。

「この前うちに来たのも、それでよね。様子を見に来たんでしょ？　光博から頼まれて。私が何か掴んでいるかどうか探りに来たのよね？」

康明の口元に、うっすら笑みのようなものが浮かんだ。

「何がおかしいの」

「何でそんな必死なんだ」

ようやく口を開いた、その機を逃さずに言い立てる。

「当たり前でしょう、夫が突然いなくなって心配するのは。どこで何をしてるのか皆目見当がつかないんだから、必死で何が悪いの！」

「……心配？」

康明の口元が歪んだ。今度ははっきり、笑っているのが分かった。

「心配してるって？」

嘲るような視線で見据えられ、一瞬言葉に詰まる。

この人の前でおためごかしを言ってもしょうがない。

「正直言えば、いなくなった最初の頃はさほど心配してなかった。光博に他に女の人がいることが分かってたから。その相手のところに行ってるんだと思った。離婚するにしろ何にしろ、しばらくしたら向こうから何か言ってくると思ってたから、それまで待とうと」

「今は違うのか」

康明が挑むような口調で言う。どこまで話していいものか迷ったが、

「警察から、光博の財布が捨てられていたのが見つかったって連絡があったの」

と告げた。

「もちろん自分で捨てた可能性もあるけど、他人が捨てた可能性が高いって。事件や事故に巻き込まれた可能性もあるって」

「それで、心配、か」

「そうよ」

康明が、鼻で笑った。

「何がおかしいのよ」

「事件や事故に巻き込まれてくれていたら、なお好都合じゃないか。お前は、光博くんがいなくなってくれればいいと思ってたんだろう？　離婚するのも面倒くさい。黙って消えてくれれば。保険金や遺産や遺族年金を残していなくなってくれたら一番いいって、そう思ってたんじゃない

のか？」

絶句した。何でそんなことを。

「ひどい。誰がそんなことを」

「光博くんだよ」

康明は、何でもないように答えた。

「光博くんがそう言ってたんだ。麻矢は、自分のことを『死んでほしい』と思ってるって。大学の時の同級生とそう言い合ってるって」

頭の中が真っ白になる。

――ほんと、元気なまま死んでくれないかしら。

なぜそれを、康明――いや、光博が。

「まさかそんなに嫌われてるなんて思わなかった、それが何よりショックだったってな。光博くんが家を出たのは、そのせいだ」

一体誰が。

三人しか知らないはずのその会話を、誰が夫に伝えたのだ――。

寿美子が帰ってくるのと入れ違いに、実家を出た。母がもう少しでも早く帰宅していたら、兄の部屋から聞こえてくる荒らげた声に何事かと思ったことだろう。

「光博がそんなこと言うわけないでしょ！」

「突然家に来たり、人を貶めるようなこと言ったり、一体どういうつもりなのよ！」

「最初から知ってたのね、光博が家を出たことも、なぜ出て行ったかも」

「光博の居場所も知ってるんでしょ、教えてよ！」

いくら激しく追及しても、康明は口元に薄笑いを浮かべるだけだった。何を訊いても答えないことを悟り、詰問するのにも疲れた。

「一つだけ教えて」

最後は、ほとんど懇願する口調になった。

「彼は、無事なの？」

康明が麻矢のことをまっすぐ見つめた。その顔から笑みが消える。

「生きてるの？」

「――お前、本気で心配してるのか？」

「当たり前でしょ」

「……なんか、おかしいな」

康明が目をすがめるようにした。

「おかしくなんかないわよ。さっき言ったでしょ。警察から、事故か事件に巻き込まれた可能性――」

「いや」

康明が、麻矢の言葉を途中で遮る。

「お前は、そんな女じゃない」

「――どういうことよ」

「他に女がいることを知ってたから最初は心配しなかったって言ったよな。それなのに警察から財布が見つかったって連絡があったぐらいで、突然気持ちが変わるわけはない。お前は、いったん愛想をつかした男のことを、何かあったからってまた親身に思えるような女じゃない。一度嫌いになったり見放したりしたものには、もう二度と気持ちを戻したりしない」

「何を――」怒りで胸が詰まりそうだった。「私の、何を知ってるっていうの！」

「知ってるさ。子供の時からお前のことをずっと見てきたんだ。お前のことなんか、何でも分かる」

「ずっと見てきた？　気持ちの悪いこと言わないで！」

手元に何かあったら、投げつけていただろう。抑えきれないほどの怒りが湧いていた。

「見てきたんだよ、羨ましくてな！」

初めて、康明が大きな声を出した。

「羨ましくて？　何を言ってるの？　羨ましかったのは私の方――」

麻矢の言葉など耳に入らぬように、康明は捲し立てた。

「ああ、そうだ。お前のことがずっと羨ましかった。妹っていうだけで、女の子だっていうだけで、お前はみんなから可愛がられて何でも許されて。何で俺は先に生まれたってだけで、男だってだけで、あれはダメ、これはダメって押さえつけられなきゃいけないんだ！　長男なんだから。

男なんだから。しっかりしなさい、我慢しなさい、妹には優しくしなさい、何で妹を守ってあげないの。麻矢にあげなさい、麻矢に。麻矢を。何でお前ばかり！　もううんざりなんだよ！」

「……訳の分からないこと言わないでよ……全部逆でしょう？　小さい頃からお父さんもお母さんもお兄ちゃんばかり――」

「お前はな、気づかないんだよ。そうやって、人に可愛がられ、大事にされてるのに気づかないんだ。光博くんはな、いつもお前の話ばかりしてたよ。子供の頃はどうだったとか、お前のことばかり聞きたがった。麻矢の気持ちが分からないってな。どうすれば、会った時のように戻れるのか。どうすればまた前のように仲良くできるのかってな。だから言ってやったんだよ。無理だって。麻矢っていう女は、いつも無いものねだりばかりして、何でも相手のせいにして、羨むばかりで許すことができない。そういう女なんだってな！」

「ふざけないで！」

それ以上、兄と会話を続けることはできずに、部屋を飛び出したのだった。

ふざけるな。ふざけるなふざけるなふざけるな！

どうやって駅までの道を戻ったのか分からないほど、怒りで頭が張り裂けそうだった。

――お前はな、気づかないんだよ。そうやって、人に可愛がられ、大事にされてるのに気づかないんだ。

――麻矢の気持ちが分からないってな。どうすれば、会った時のように戻れるのか。どうすればまた前のように仲良くできるのかってな。

そんなこと、光博が言うわけがない。

もし本当だったとしたら——なぜ康明などにそんなことを言うのだ。なぜ自分に言わないのだ。

康明への怒りは、いつしか光博への怒りに変わっていた。

分かるわけないじゃないか。

口にしなきゃ。向き合わなきゃ。そんなこと分かるわけないじゃないか——。

「FREEDOM」からはすっかり足が遠のいていたが、若月たちからはたまにグループLINEにメッセージが届いていた。

【元気してますか？　状況は変わらずでしょうか】

【ちょっぴり心配です。たまにはバカ話でもしませんか】

【バカ話はお前だけだっつうの】

若月のさりげない優しさも、三島の間を置かないツッコミも相変わらずで、麻矢の口元は思わずほころんだ。それでもリプライをする気にはどうしてもなれなかった。

三島からは個人的にもメッセージが届いた。

【もしかして千田さんと何かありました？】

それにも返事が出せなかった。返事をしないということは認めたことになるのだろう。それも仕方がない。

ママや若月たちとたわいのない会話を交わせば気晴らしになるだろうとは思っても、当分は

――少なくとも千田が店を訪れている間は、足を運ぶことはないだろう。貴重な憩いの場が失われたことが、悔しかった。

　代わりに、というわけではないが、その日麻矢は、会社帰りに浅草へと向かった。

　いつ以来か覚えていないほど久しぶりだった。

　地下鉄の駅を出て、浅草寺方面へ向かう道を途中で右に折れる。こじんまりとした居酒屋や焼き鳥屋などが並ぶ通りに、その店はあった。色あせたのれんと古ぼけた赤ちょうちんも以前のままだ。

「丸多」。夫がこの店の名をサインインのパスワードに設定していたことの意味を、あれから何度も麻矢は考えた。光博があのパソコンを購入したのは、確かこの二、三年のことだ。その頃にはもう、二人で「丸多」を訪れることなどはなくなっていた。

　それでも、パスワードを変えなかったのはなぜか。もちろん、新しいワードを考えるのが面倒で以前のものをそのまま使っていた可能性はあるだろう。しかし、パソコンを開くたびにその名を打ち込むことの意味は意外に大きい。不快な思い出があるものであれば、変更するのではないか。

　夫はそのままにしていた。

　この店に嫌な思い出はなかった。それだけは間違いない気がした。

　立て付けの悪い引き戸を開けると、カウンターの中にいる大将の顔が目に飛び込んでくる。

「らっしゃい！」

「こんばんは」

麻矢は小さく頭を下げ、店の中に足を踏み入れた。まるでタイムスリップしたかのように、店内はあの頃のままだった。

まだ季節には早いとあってか、「おでん前」の特等席は空いていた。だが何となく気が引け、カウンターの隅に腰を下ろした。

「いらっしゃい」

娘さんがおしぼりを運んできてくれる。

「ご無沙汰です。お店も皆さんも、全然変わらないですね」

そう声を掛けると、娘さんは「ありがとうございます」と笑みを返してくれる。覚えてくれているとは思うが、常連に対しても馴れ馴れしい態度を見せないのがこの店の特徴だった。

「お飲み物は？」

「ビール。あと大根と……こんにゃく、昆布と厚揚げお願いします」

「あいよっ、大根、こんにゃく、昆布に厚揚げね！」

少し離れたところにいた大将が応じてくれたのが嬉しく、

「お元気そうで何よりです」

と返した。

「これだけがとりえだからね！」

大将が答えるのに娘さんが苦笑いをこちらへ向け、カウンターの中に戻っていた。

変わらない光景だった。あの頃——光博を初めて連れてきた時と、少しも。

すぐにビールと、しばらくしておでんも運ばれてくる。もちろん、味も当時のままだ。懐かしさと、あの時に感じた幸福感を思い出し、切なくなる。

半分ほど食べたところで、店内を見回した。おでんの季節ではないことを差し引いても、客は少なかった。やはりコロナ禍の影響はあったに違いない。

「ビール、お代わりされます？」

声を掛けてきた娘さんに「お願いします」と答える。

「あと、卵とちくわも」

「あいよっ、卵とちくわ！」

大将の威勢のいい声が嬉しい。さほど忙しそうではないのを見て、ビールを運んでくれた娘さんに何気なく切り出した。

「昔、連れてきた彼のこと、覚えてます？」

「え？　……ええ」

返事まで少し間があったのが気になった。覚えていないのだろうか。

「結婚してからも二、三度、一緒に来たことがあったけど」

「あ、ええ、覚えてますよ、もちろん」

そう答えたきり、そそくさとカウンターの中に戻って行く。対応がどことなくよそよそしかった。

こちらに視線を向けてくれたタイミングでまた声を掛けようと思うが、中々見てくれない。しばらくして、注文した品を運んできてくれたところで尋ねた。

「もしかして、彼、あれから一人で来ました？」

「あっ、ええ……ええ」

やはり、来ていたのだ。

「いつ頃？」

「ええと……」

娘さんが困ったように大将の方を見る。大将は、黙って肯いた。娘さんがこちらに向き直る。

「二週間ぐらい前ですかね」

しばし言葉が出なかった。

下半身から力が抜け、目の奥が熱くなった。

無事だったのだ――。

驚きよりも怒りよりも、安堵で胸がいっぱいになっていた。

良かった、本当に良かった――。

「すみません、あの、何か私いけないことを……」

気づくと、娘さんがおろおろと麻矢を見ていた。大将も心配そうに顔をこちらに向けている。

「いえ、私の方こそすみません」

麻矢は慌てて答えた。

「実は、夫は失踪中なんです。もうひと月以上行方が分からなくて、警察にも届けを出していたんですが、少なくとも二週間前までは無事だったと分かって……」

「そうなんですか」

大将も娘さんも驚いた表情になった。

「あの、夫とは、何か話はしたでしょうか。今どこにいるとか、何をしているかとか」

「いえ……」

娘さんは再び困惑した顔を大将の方に向ける。大将もこちらに近寄ってきた。問うような視線を向ける娘さんに、大将は促すように肯いた。娘さんが再び麻矢の方に向き直る。

「すみません、そんな事情とは知らず。そういうことは何も聞いてないんですよ」

落胆したが、仕方がない。一応、生活安全課の志村には報告した方がいいだろう、と麻矢が携帯を出した時に、

「ただ」

と娘さんが言った。

携帯から視線を上げ、続きを待った。

言いかけておきながら、娘さんはなぜか逡巡しているようだった。

「お話ししろ」と大将が言った。

二人の様子に、悪い予感が湧いた。

娘さんは、麻矢に申し訳なさそうな顔を向けると、「実は、一人でではなく」と言った。

「女の人と一緒でした」

世田谷署の志村に連絡がついたのは、翌日になってからだった。

「――なるほど、そうですか」

「丸多」の大将と娘さんから聞いた話を伝えると、志村は、淡々とした口調で応えた。

「すると二週間前まではご主人の無事は確認できたことになりますね。ただ、財布が発見されたのはその後のことなので、今のところまだ『特異行方不明者』として扱わせていただきます。私の方で、改めてそちらのお店に伺って事情をお訊きしますので。それでは――」

「あ、すみません！」電話を切ろうとした志村を慌てて呼び止める。

「はい」

「その、お店に同伴していたという女性について、ちょっと心当たりがあります。写真を送るので、お店に行った時に確かめてもらえますか」

「分かりました。ではお送りください」

短く答え、志村は電話を切った。

心当たり――夫が連れていたのはどういう女性だったか、大将と娘さんに尋ねたのだ。

そんなにはっきり覚えているわけではないと断りながらも、二人ともに記憶している特徴は共通していた。

小柄で、髪は短め。三十代前半ぐらい。

その外見、年恰好に、思い当たる女性が一人、いた。

友里香。

まさか、という思いだった。その場で確かめることもできたのに、怖くてできなかった。

だが、やはり確かめないわけにはいかない。

麻矢は、画像フォルダから友里香の写真を探し、志村に送った。

そうでないことを祈りながら。

夫の無事を知った時の安堵感は、とうに消えていた。

光博があの店の名をパスワードにしていたのは、自分との思い出ゆえではない。

ＭＡＲＵＴＡの名は――あの店の記憶は、とうに上書きされているのだ。

「なんで、あの店なの」

気づけば、口に出していた。

なぜ、二人が一番幸せだった頃の――その象徴だったあの店に。

あの時抱いた幸福感までが上書きされたようだった。

許せない。

初めて、そう思った。

夫も、相手の女も――。

11

哲也の一千万払えという要求に対して与えられた「期限」の日がきた。

麻矢は、前日までに「三人組」のグループＬＩＮＥに返事を送っていた。

【事情があって、今はこの件には関われない】

どういう事情かは、書けなかった。

【協力できなくてごめん】

最後にそう打って、送信した。

すぐに二つの既読がつく。

リプライが来る前に、麻矢は通知を切った。

もしかしたらこれで、三人の友情に――少なくとも友里香との関係にはひびが入るかもしれない。

いや、すでにもうそれは、崩れ始めているのだ。自分の勘違いであってほしいと願いながらも、友里香への疑いはどうしても拭えなかった。

携帯の電源もオフにした。志村からの報告も気になってはいたが、今日一日は誰の電話にも出ないことに決めた。

とはいえ、やはり落ち着かなかった。テレビを観ていてもネットを眺めていても、気もそぞろだ。

今頃、璃子は友里香の家に行っているのだろうか。ガーベにどんな「回答」を突き付けているのか。それに対し、ガーベはどんな反応を見せているのだろうか。

何をしていても気になるので、こういう時は出かけた方がいい、と着替え始めた時だった。

エントランスのチャイムが鳴った。

ふいの訪問者があるのは何度目だろう。まさか璃子たちが……？

おそるおそるモニターを覗くと、映っていたのは義妹の早希だった。

何か慌てたような様子で口を動かしている。

何事かと麻矢はスピーカーボタンを押した。

「どうしたの？」

その途端、早希の叫び声が聞こえた。

「何で電話に出ないの！」

「ごめん、切ってて——何かあったの？」

「警察から電話があって、お兄ちゃんが見つかったって！」

「——え？」

「そっちにも電話いってるはずだけど！　通じないからお母さんの方に掛かってきたのよ！　お

母さんが自分で行くって言うのを止めて、知らせに来たの！」

「ちょっと待って！」

慌てて携帯を摑み、電源を入れる。

確かに着信がいくつも入っていた。ほとんどは璃子だったが、その中に「生活安全課　志村」の名もあった。

「電話してみる！」

早希に応えてから、志村の着信に折り返した。

志村は、ワンコールで出た。

「はい、志村です」

「甲本です！　電話出られなくてすみません、あの、夫が見つかったんですか⁉」

「はい、何度かお電話したんですが、繫がらなかったのでもう一つの登録先の――」

「本当に夫に間違いないんですか？」

「写真付きの身分証を確認しましたので、間違いはありません」

「見つかったって、いつ、どこで⁉」

矢継ぎ早の質問にも、志村は落ち着いた声で答えた。

「今日の昼過ぎに三鷹《みたか》市で、巡回中の警官が甲本さんによく似た男性を発見したので交番で事情を訊いたところ、甲本光博さんに間違いないようだと、こちらに引継ぎがありました。現在、事件性の有無についてお話を聞いています。事件性がないと判断された際には、こちらで拘束したり強引に自宅に連れ戻したりはできませんので、ご承知願います。もちろんご本人には、行方不明者届が出ていること、奥様が大層心配されていることはお伝えしています」

「拘束できないって——あの、私が行くまではそちらにいさせてもらえるんですよね⁉」

「事情聴取が終わるまではまだ小一時間は要すると思います。少なくともその間は」

「分かりました、すぐに行きます！」

電話を切り、とりあえず財布だけバッグに入れて玄関を出た。

エレベータを待つのももどかしく、階段を駆け下りた。

エントランスに出ると、早希の横にもう一人、女性が立っていた。

思いがけない姿に、一瞬、棒立ちになる。

「おとりこみ中みたいで、すみません」

早希から何か聞いたのか、困ったような笑みを浮かべていたのは——、

「……香奈？」

部署の後輩の鳥居香奈だった。

隣で早希が、「早く」と急くように口を動かしている。

「どうしたの」

まず思いついたのは、仕事で何かトラブルが？　という可能性だった。

今、仕事の話をする気分ではなかったが、家にまで来るのは普通ではない。

「お休みの日にすみません」

麻矢の心配をよそに、香奈の笑みが明るいものになる。

「いいけど、どうしたの。何かトラブル？」

「いえ、違うんです。ちょっとご挨拶に」

「挨拶？」

何のことだ？

香奈が、改まったように背筋を伸ばした。

「実は私、会社を辞めることになりました。明日から有休を消化してそのまま退職する予定なので、皆さんにきちんとご挨拶する機会がないと思いまして。麻矢さんにだけは本当にお世話になったので、直接お伝えしようと」

呆気に取られていた。

会社を辞める？　あまりに突然だった。いやそれ以前に、いくら「世話になった」からと言ってなぜ休日にわざわざ？

「麻矢さん！」

急かすように言う早希に「ちょっとだけ待って」と断って、香奈に向き直る。

「せっかく来てくれたのにごめん、今、本当に急ぎの用事があって。今度改めて話聞くから。この後のこととか――」

「いえ、いいんです」香奈が首を振った。

「次の勤め先はもう決まっていて……」

続いて口にした会社の名を聞いて、さらに驚いた。業界トップのデベロッパー。一度は麻矢が転職しようとしていた会社だった。

「実は、ヘッドハントされたんです。見てくれてる人っているんですね」

そう言って、香奈は誇らし気な笑みを浮かべる。

「ついに麻矢さんを越えられたかな、って」

絶句した。

「本当にお世話になりました。ありがとうございました」

深々と一礼すると、香奈は踵を返した。

「ちょっと、香奈――」

だが彼女は振り返らず、歩き去っていく。

訳が分からない。一体どういうことなのだ。

「麻矢さん、早く！」

「……うん、行こう」

香奈のことも気になったが、今は夫のことが先決だ。早希と並んでマンションを出た。

タクシーを止めようと通りに出た時、携帯が鳴った。

志村からかと思い、発信元を見ずに通話ボタンを押してしまった。

「麻矢？　すぐ来て！　大変！」

璃子の声だった。

「今それどころじゃないの。光博が」

「友里香が！」

「え？」

璃子が、叫ぶように言った。

「ガーベが、友里香のことを――！」


警察署へは、とりあえず早希に行ってもらった。用事を片付けたらすぐに向かうからそれまで光博をどこにも行かせないでと頼んで。

「お兄ちゃんのことより大事な用事なんてあるわけ⁉」

早希は目を剝いたが、事情を説明している時間はなかった。

タクシーに乗り込み行き先を告げてから、璃子の携帯を鳴らす。だが、繋がらない。

さっきの電話では全く要領を得なかったが、

「ガーベが突然逆上して」

「私は止めたんだけど」

「友里香、頭打って動かない」

「救急車は呼んだ」

「警察も」

それらの言葉から、大体のことは察した。

——今度こそ、確実に、実行するの。

璃子は友里香と二人だけで、実行しようとしたのだ。

しかしガーベの逆襲に遭い、友里香が重傷を負った——。

麻矢は運転手に向かって言った。

「すみません、急いでるんです。近道あったらお願いします」

「うーん、近道っていってもねえ。なるべく急ぎますけど」

のんびりとした対応に苛立ったが、どうすることもできない。もう一度、璃子に電話してみたが、やはり出なかった。

携帯電話を置き、前を見た。

友里香の無事を祈りながら、麻矢は思い出していた。

あの夏のこと。大学一年のサークル合宿。十五年ほど前の出来事。

良からぬことをしかけてきた男たちを三人で力を合わせ、撃退したその時のことを。

——怖かった……死ぬかと思った……。

——死なないよ、もう大丈夫。

——麻矢のヘッドロック、凄かったねぇ。

——全然分かんない。咄嗟。あんなことしたの初めてよ。

——ほんとに？　すっごい強かったよー。

——友里香もナイスジョブだった。

――でも璃子が一番よ。

――三人力を合わせれば、何でもできる。

今回も、三人いれば何とかなったのだろうか。

自分がいれば、確実に実行することができたのだろうか。

三人で笑い合った、あの時のように。

――あー、すっかり酔い醒めたぁ。

でもこの現実は、醒めてはくれない。

もうあの時のように笑い合うことはできないのだ。

友里香が死んでしまったら、私のせいだ――。


友里香の家の手前でタクシーを降り、急ぎ足で歩いた。

狭い道を、前方からパトカーが徐行の速度でやって来るのが見えた。脇に避け、道を譲ってパトカーを見送る。

ほんの一瞬だが後部座席に、両脇を警察官に挟まれて座っている哲也の姿が見えた。哲也もこちらに視線を向けた。その顔に、奇妙な笑みが広がったように見えた。

いや、気のせいではない。哲也は、確かに笑っていた。

友里香の家の前には、警察車両らしき車が何台か止まっていた。規制線が張られ、制服の警察官が立っている。野次馬も集まっていた。

立ち番の警察官に近寄り、

「被害者の友人なんですが、被害者はどうなったか分かりますか」

と尋ねたが、警察官は黙って首を振った。麻矢は続けて訊く。

「もう一人、友人がいるはずなんですが、まだ中にいますか？　彼女から連絡をもらったんです」

警察官は少し考え、「あなたのお名前は？」と尋ねた。

麻矢が答えると、無線で誰かと会話し、麻矢の方を向いた。

「こちらでお待ちください。白石《しらいし》という刑事が参ります」

礼を言い、少し離れたところで待っていると、玄関から四十がらみのジャケット姿の男が出てきた。

警察官が麻矢のことを示すのに肯きを返し、近づいてくる。

「甲本麻矢さんですね？　調布《ちょうふ》署の白石と言います。被害者のご友人？」

「はい。あの、友里香は」

「救急車で搬送中です。搬送先はもうじき分かると思います」

「無事なんでしょうか」

「命に別状はありません」

安堵の息が出た。良かった――。

「実は加害者から、あなたのお名前が出ましてね。少しお話を伺わせてもらえますか？」

加害者――哲也が自分の名を？

「え、ええ、構いませんが……」

「じゃ、あちらで」

「あの、璃子は。加賀美璃子という友人が、事件が起こった時、一緒にいたはずなんですが……彼女は今」

「ああ、別で事情をお伺いしています。すみません、車の中でいいですか」

道に止まっていた捜査車両に誘導され、後部座席で話をすることになった。運転席には「警視庁」と書かれたジャンパーを着た男が座っている。

「被害者の夫、榊哲也のことはご存じですよね」

「はい。あ、知っているといっても、友里香の夫として、ですが」

「個人的な知り合いではない？」

「はい」

「失礼ですが、あなたのご主人、甲本光博さんですか、行方不明者届が出ていますね」

突然の言葉に、面食らった。

何でそんなことまで知っている？　いや、なぜここに夫の名前が出てくるのだ？

「はい、そうですが、それが」

「ご主人は、まだ？」

「え？　あ、いえ。実は今日、先ほど、見つかったと世田谷署の志村さんから連絡をいただいて。

そっちに向かおうとしていたところで」

「ほう、そうですか」

白石は、運転席にいたジャンパーの男に視線を送る。男は黙ってドアを開け、外に出た。麻矢が言ったことを確認しに行ったのだろう。

白石が再び麻矢の方を向く。

「ご主人と、友里香さんの関係について何かご存じですか？」

「関係？」

麻矢が不審の表情を浮かべたのを見て、白石が言葉を選び直した。

「いやつまり、交流があったかどうか……」

「夫と友里香は、私の結婚式の時に一度会ったきりだと思いますが」

「そうですか……ご主人から友里香さんについて何かお聞きになったことも、ない？」

「ありません」

首を振ったが、白石が何を言おうとしているかは、察しがついた。

「夫と友里香の間に何かあったと——誰かが？」

白石は少しためらったが、軽く肯くと、「実は」と切り出した。

「榊哲也は、甲本光博さんと友里香さんの関係を疑って、それもあって今回の犯行に及んだと供述していまして」

白石が、麻矢の表情を窺うように見つめる。

「友里香さんの供述はまだとれていませんが」

そう言って、続けた。

「現場にいたご友人——加賀美さんも、凶行におよんだ時、榊がそういったことを叫んでいたとお話されていましてね。それでちょっと確認を……ご存じないですか」

麻矢は、無言で首を振った。

ジャンパーの男が戻ってきて、白石の耳元に何事か囁いた。肯き返した白石が、麻矢の方に向き直り、「ご主人、見つかったそうで。良かったですね」と言った。

「友里香さんの搬送先も分かりました。向かわれますか？」

「……はい」

事情聴取はこれで終わりのようだった。

車から降りたところで、玄関から出てくる璃子の姿を見つけた。

「璃子！」

「麻矢——」

互いに駆け寄り、手を取り合った。

「友里香は無事だって」

麻矢の言葉に、「うん」と璃子が答える。

「でも意識は戻ってないらしい。今、病院に行っても面会はできないって」

「そう。一体何が……？」

「どこかで話そう」

そう言って璃子は歩き出したが、麻矢は立ち止まったまま「ごめん」と言った。

「友里香の無事が分かったら、私、行かなきゃいけないところがあるの。実は、光博が見つかったって警察から連絡があって。向かおうとした時に璃子から」

璃子が目を見開いた。

「そうだったの――無事だったってこと？」

「とりあえずは」麻矢は肯いた。「今まで、どこで何をしてたのかはまだ……」

「そうなの。そんな時に――」

璃子は複雑な表情を見せた。

「通りでタクシー拾うから、歩きながら少し話を聞かせて」

麻矢はそう言って歩き出した。璃子も続く。

「ガーベが何か、光博のことで変なことを言ってたって刑事さんから」

「ああ、うん……」

肩を並べた璃子の表情が曇った。

「何かの勘違いか、思い込みでしょ。『自分で白状した』とか叫んでたけど、友里香がそんなこと言うわけない。それなのにガーベが怒り狂って……」

「どうしてそんなことに？」

璃子が、麻矢の方に視線を送ってから、下を向いた。

「分かるでしょ？」

やはり――。

「薬も結構効いてたみたいだし、ガーベはお酒も入ってたからやれると思ったんだけど……」

璃子の顔が、悔しそうに歪んだ。

「思った以上に力が強くて……反撃されて友里香が突き飛ばされて。その時にテーブルで頭を打って動かなくなった……」

いつかとは正反対の結果になったのだ。

「やっぱり二人じゃ、無理だった……」

璃子が両手で顔を覆い、しゃがみこんだ。麻矢はその肩に手を添えることしかできない。

自分がいても同じだっただろう、と麻矢は思った。たとえ三人揃ったとしても、その結果は変えられなかったに違いない。

自分で蒔《ま》いた種。

不意に、そんな言葉が浮かんだ。

友里香が悪いのだ。光博と、関係など持つから――。

信じたくはなかったが、もはやそれは疑いようがなかった。

呼び出された時、ガーベが言っていたことを思い出す。

――大方、他に男でもできたんでしょう。最近、外出が増えておかしいなと思ってたんです。

璃子は「その相手は私たち」と答えていたが、違う。

――この前も、ちょっと友達と夜、ご飯食べに行ってきたの。前はそんなの絶対に無理だったから。

その相手こそ、夫だった。

――光博くんがそう言ってたんだ。麻矢は、自分のことを『死んでほしい』と思ってるって。大学の時の同級生とそう言い合ってるって。

三人しか知らない会話。誰かが、光博に話した。麻矢でも璃子でもなければ、残るのは友里香しかいない。

――リニューアルしたばかりの時よ。麻矢たちにも一緒に行かないかってグループＬＩＮＥで誘ったでしょ？

だから友里香も知っていた。光博に伝えて、偶然を装い待ち伏せすることは可能だ。

――はめられたのかも。

――私と麻矢を仲違いさせようとしている誰か。

いつ、どこで、光博とそういう関係になったかは分からない。だが、夫婦関係に絶望していた友里香が、ここではないどこか、別の相手との未来を夢見たとしても不思議ではなかった。

そのために、ガーベを殺そうとした――。

そう考えれば、合点がいく。

その相手が、たとえ親友の夫であったとしても。

いや、親友の夫であったからこそ、なのかもしれない。

友里香が自分に対して時折見せる苛立ちのようなものは、学生時代から感じていた。

どこにいても注目を浴びる存在だった璃子には、端から違いすぎて対抗心を抱くことはなかったのだろう。だが、麻矢に対しては。

能力への評価、異性からの視線、同性からの信頼。友里香とは、全てが似たり寄ったりだと麻矢は感じていた。それだけに、負けたくないという気持ちがなかったといえば嘘になる。

だから、友里香が誰もがうらやむ一流企業に真っ先に内定が決まった時。

結婚であっさりキャリアを捨てた時。

子供を産んだ時。

嫉妬と羨望——。

麻矢が抱いたのと同じ感情を、友里香も麻矢に向けていたのかもしれない。

着実にキャリアを積み、結婚もし、しかし子供のいない優雅な生活。

自分にないものを、すべて持っている、と。

三人の集まりで麻矢が口にする夫への不満。

それらの話に肯き、同情を口にしながらも、彼女の顔には別の表情が浮かんでいるのに麻矢は気づいていた。

それぐらい、何。

私が抱える悩みに比べたら。

贅沢。無いものねだり。欲をかきすぎ。何様のつもり。

一緒に怒り、励まし、心配してくれているように見えたのは。

あれは全部、嘘だったのか。

「三人組」の絆が、こんなことで失われるなんて――。


通りに出て、麻矢はタクシーを捕まえた。

「じゃあ、私はここで」

「うん、私は病院に行ってみる」

麻矢の心中など知らぬ璃子は、友里香を案ずる顔で言った。

「はっきりとした容態が分かったら連絡する。もちろん面会できるようになったらすぐに」

「お願い」

そう答えはしたが、たぶん面会に行くことはないだろう。どんな顔をして友里香と会えばいいのだ。向こうとて同じ気持ちに違いない。

タクシーに乗り込み、行き先を告げてから携帯を取り出した。

これから向かうと志村に電話を入れようとしたのだが、その志村からすでに着信が入っていた。早希からも。こちらは何件も入っている。

事情聴取は終わってしまったのだ、と悟った。

光博の「相手」は友里香だった。事件性などあるわけもない。

その場合は警察で拘束したり強引に自宅に連れ戻したりはできない、と志村は言っていた。

これまで逃げ回っていた光博が大人しく自分の到着を待っているとは思えなかった。

それでも確認してみようともう一度携帯に目をやった時、志村から着信だけでなくメッセージも入っていることに気づいた。

タップし、文面を開いた。

【お電話に出られなかったのでこちらに。ご本人のお話から事件性はないと判断され、特異行方不明者からははずされることになりました。ご主人は、妹さんと一緒に地下の食堂で奥様をお待ちです】

早希が引き留めてくれているのか。

安堵とも憤りともつかない気持ちが湧いた。

メッセージには続きがあった。

【それと、お伝えし忘れていた件。「丸多」に事情を伺いに行った際に、お送りいただいた写真を確認してもらいましたが、その方ではない、ということでした。今さらとは思いますが、念のため】

「え⁉」

思わず声が出た。

「丸多」に同伴していたのは友里香ではなかった？

夫の相手は別にいるということなのか？

小柄で髪は短め。三十代前半ぐらい。そんな女性は友里香のほかには——、ハッと気づいた。

いや、もう一人、いる。

小柄な体形にショートボブがよく似合い、アクティブで好奇心旺盛な五つ下の後輩――。

ついさっき、マンションのエントランスに現れたばかりの。

――お休みの日にすみません。

鳥居香奈。

――実は私、会社を辞めることになりました。明日から有休を消化してそのまま退職する予定なので、皆さんにきちんとご挨拶する機会がないと思いまして。麻矢さんにだけは本当にお世話になったので、直接お伝えしようと。

いくら急に退社するからと言って、わざわざ休みの日に家にまで来るという異常さに、なぜ気づかなかったのか。

――次の勤め先はもう決まっていて。

――実は、ヘッドハントされたんです。見てくれてる人っているんですね。

でも、まさか。

香奈と夫の接点など、どこにも――、
思い出した。

麻矢が光博と出会った「異業種合コン」。

麻矢はあの時、会に登録していた後輩が行けなくなり、「代わりにお願いできませんか」と急遽頼まれて参加したのだ。

——会ったことのあるのは一人だけですけど、粒ぞろいですので！

会っていたのだ。あの時すでに香奈は、光博と。

自分と結婚する前から、二人は知り合いだったのだ。

そしてあの香水——。

——今日はとことん飲みましょう！　って言いたいところなんですけど……すみませんちょっと予定があって。

香奈は、プランニング力が優れているだけでなく香水やアロマなどのフレグランスにも詳しく、アロマ選定の時に助けられたのだ。

——でも、なんかメイクも少し変わりましたよね。

あの時も、近づくと、ほのかにフローラル系の香りが漂った。

シーツについていたのと同じ香りをどこかで——身近な相手から嗅いだ気がすると感じたのは、香奈だったのだ。

しかし彼女がどこで、自分たち「三人組」しか知らない会話のことを知ったのか。

——麻矢さん、何かいいことありました？

——ちょっと、人の携帯、見たの。

——見てませんよ。ただ今日の麻矢さん、なんかやる気に満ちてるから。

見られていたのだ、携帯を。

――前に言ってたじゃないですか。学生時代の友達とよく集まるバーがあるって。

――……そんな話、したっけ。

――しましたよ。学生時代のお友達と今でも仲いいなんて、羨ましいです。

そんな話を香奈にした覚えなど、ない。

璃子たちと集まるようになってから、仕事中も携帯を切らないでおくことが多かった。ロックをかけないで離席することもたびたびあった。隣の席の香奈であれば、いつでも見ることができただろう。

璃子や友里香たちとのＬＩＮＥの会話を――。

しかし、なぜわざわざ自分の夫と？

香奈のように若く、魅力的な女性だったら、他にいくらでも相手がいるはずなのに。

――麻矢さんは、入社した時からずっと、私の憧れ、目標なんですから。

――私はずっと、麻矢さんになりたい、って思ってるんですから。

私の夫だからか。

――私みたいに、じゃなくて、私になりたいって？

私の夫を奪えば、そうなれると――。

いや、初めはそれが動機だったとしても、途中からはもっと打算的なものに変わったのかもしれない。

――実は先月のことですけど、視察でここを回ってる時、『この施設、リニューアルされてからすごく良くなりましたよねえ』って話しかけてきた人がいたんです。どういう人がリニューアルの担当をしたのか知りたがっている感じで。

――麻矢さん、もしかしてヘッドハンターから声がかかってるんじゃないですか？

麻矢がヘッドハントの対象になっていることを知り、自分の方から千田に近づき、売り込んだ。千田の「誘い」を受け入れることも厭わずに。同時に、麻矢に「夫の失踪」というスキャンダルを仕掛け、蹴落とそうとした――。

――本当にお世話になりました。ありがとうございました。

あの晴れ晴れとした、いや、誇らし気な顔を思い返せば、そちらの方が正解に違いない。

全部、香奈の計画《プランニング》だったのか。

そう考えたら、全てが腑に落ちた。

欠勤が続いても解雇はさせないよう会社にはメールで連絡を入れ、
一方で妻には連絡を入れず心配させ、
妻の親友をはめて不審を煽り、
事件に巻き込まれたと見せかけ不安を抱かせる。

夫一人だけでそんな真似ができるわけもない。

しかし、彼女にはできる。

――ついに麻矢さんを越えられたかな、って。

夫は、香奈にそそのかされ、利用され、用なしになったところで捨てられたのだ。

家に戻ることなどできるわけもなく、逃げ回るしかなかった哀れな男――。

――許してくれ、別れたくない。

そんなことを言っても無駄。

――もう一度、やり直せないか。

今さら何を言ってるの。こんなことをしておいて。

――俺は今でも君のことが好きだ。

ふざけないで。よくそんなことを。香奈のことがそんなに好きなら――、
いや、違う。

これは、夫が私に告げた言葉……？

シーツは？　洗ったの？

思い出した。

私の責める言葉に、夫は自分の過ちを認めたのだ。許しを乞い、やり直せないかと懇願した。

しかし私は――。

あの晩の出来事。失われていた記憶。二人の会話。夫に浴びせた自分の言葉。

すべてが蘇った。

――いなくなって！　私の前から姿を消して！　いっそのこと、死んで！

他の誰でもない。私が言ったのだ。

――麻矢は、自分のことを『死んでほしい』と思ってるって。

——まさかそんなに嫌われてるなんて思わなかった、それが何よりショックだったってな。

夫にその言葉を告げたのは、私なのだ。

そう思ってから、気づいた。

大切なことから逃げ回っていたのは、自分も同じじゃないか。

——麻矢っていう女は、いつも無いものねだりばかりして、何でも相手のせいにして、羨むばかりで許すことができない。そういう女なんだってな！

その通りだ。

仕事でも、結婚生活でも。不運を嘆くばかりで本気で何かを変えようとはしなかった。

——いや、この件は……。

薗部にしかできない仕事——保坂は、自分のことを評価し、信頼していたからこそ頼んできたのだ。

その気持ちも考えず、面倒を押し付けられてたまるかと無下に断ってしまった。

光博に対しても。

正面から向き合うことをせず、挙句の果て、酔いに任せてひどい言葉を投げつけた。

そして璃子や友里香。

彼女たちのことを疑い、何よりも大切な絆を自ら断ち切ってしまった。

すべては、自分で蒔いた種——。

タクシーが、世田谷署の正面に着いた。

料金を払い、車から降りる。

目の前の建物を見つめた。

地下の食堂。

そこに、夫がいる。

今さら、何を話せばいいのだろう。

聞きたいことは山のようにあったが、同時にそれは、一番聞きたくないことでもあった。

それでも、と麻矢は思った。

聞かなければならない。そして自分も、話さなければならない。

これまでのことを。自分のこと、相手のことをすべて。

変わってしまったこと。変えなければならなかったこと。言えなかったこと。言わなければならなかったこと。自分の過ち。彼の誤り。大事だったこと。大事にしなければならなかったこと。

好きだったこと。

好きではなくなってしまったこと。

——麻矢さんは素敵な女性です。

二人とも、もうあの頃には戻れない。

その事実に向き合う勇気と覚悟がなかった、そのことを——。

警察署に入り、地下に下りる階段に向かった。

携帯の通知音が鳴った。

ＬＩＮＥに、璃子からメッセージが届いている。目を通していなかったメッセージが一気に既読になったことに後ろめたさを覚えながら、最新のメッセージを読んだ。

【友里香、意識戻った！】

（バンザイ）のスタンプが連打されている。

メッセージは続いていた。

【少し話せた。友里香が、麻矢に謝りたいって。ガーベと別れたいあまり、麻矢の旦那とできてるって嘘ついちゃったんだって】

【まさに捨て身の戦法。一歩間違えれば殺されるところだったのに、これで別れられる、結菜ちゃんも取り戻せるって、結果オーライって喜んでる】

【そっちの様子はどう？　光博さん、何て言ってる？　今後のことは、いつでも相談に乗るからね】

【友里香が退院したら、お祝いしようね。私もね、実はちょっと報告があるんだ。真っ先に麻矢と友里香に伝えたいことが。何のことかは会った時のお楽しみ】

【とにかくまた集まろう！　「三人組」は永遠に不滅！】

目の奥の方から熱いものがこみあげてくる。

我慢しようと思ったが、できなかった。

麻矢は、涙でにじむ目でもう一度メッセージを読んだ。

【とにかくまた集まろう！】

そうできたら、どんなにいいだろう。

三人で。またあの店で。

友里香の退院を祝い、璃子の「報告」を聞く。

そこではもう誰も、「夫」の愚痴を言うことはないだろう。

それでもきっと――今、この時も。

何万、何十万という妻《おんな》たちが、同じ言葉を口にしているに違いない。

もちろん、そのほとんどは口だけ。ただのガス抜きのブラックジョークに過ぎないのかもしれない。

しかし――。

食堂に入ると、隅のテーブルに座る夫と義妹の姿が見えた。

二人はまだ、麻矢のことに気づかない。

麻矢はそちらに向かって一歩足を踏み出す。

食堂に備え付けられたテレビでニュースが流れていた。

「夫を殺害しようとしたとして、警視庁は三十日、八王子市の無職、日村陽子《ようこ》容疑者、七十四歳を殺人未遂容疑で現行犯逮捕しました。警視庁の発表によりますと、日村容疑者は三十日午前六時四十分頃、自宅マンションの室内で、夫である日村忠則さんの右脇腹を刃物のような物で刺し、殺害しようとした疑いが持たれています。『夫を刺した。出血が多くて死ぬかもしれない』と自ら一一九番しました。夫の日村忠則さんはまもなく死亡が確認され、警視庁と八王子警察署では殺人容疑に切り替えて調べを進めています。調べに対し日村容疑者は、『後悔はしていない。結婚してからずっと、そのことばかりを考えていた』と話しているといいます……」

食堂にいる人たちは、ちらりと視線をテレビに向けるものの、すぐ関心なさそうに食事やおしゃべりに戻っていく。

誰も、彼女の心のうちを知らない。知ろうともしない。

結婚してからずっと、そのことばかりを考えていた。

夫よ、死んでくれないか、と——。

（了）

あとがき

読者の中には、本作のタイトルやあらすじなどを見て「丸山もずいぶんと作品傾向が変わったな」とお思いの向きもあるかもしれない。だが読んでいただければ、これまでの作品と共通するものを感じていただけるに違いない。特に近刊である『刑事何森　逃走の行先』（東京創元社）をお読みの方であれば、最近の私の関心ごとがどこにあるのかご理解いただけるのではないかと思う。

今回は珍しく「参考文献」はないが、執筆のきっかけになった書籍はある。『夫の死に救われる妻たち』（ジェニファー・エリソン、クリス・マゴニーグル著　飛鳥新社）というノンフィクションがそれで、タイトルに惹かれて手に取ったのはもう十数年前、小説家としてデビューする前のことだった。「夫の死に開放感を覚えた」という共通項を持つ二人の女性が身近な人と死別した者たちの複雑な胸中を取材した作品で、初読の際に衝撃を覚えて以来、ずっと心の隅に引っかかっていた。そのモチーフを現代の日本の若い女性に置き換えて書けないだろうかと、新作の執筆を依頼してくれた双葉社の編集者に「恐る恐る」提案したのが始まりだった。

当初はその本の内容に近い「夫を喪った、年齢も立場も異なる二人の女性のシスターフッド的物語」を構想したのだが、これも私にしては珍しく直接の取材を行ったことでどんどん変わっていった。

主に主人公のキャリアについて貴重な助言をいただいたMさんに加え、同年代の女性「三人組」の物語へ発想を転換する元となるアドバイスを与えてくれたAさん、Fさん（すべて三十代半ばの女性）に心より感謝をしたい。

そのように登場人物に近い立場の女性たちの生の声を聞いていったにもかかわらず、いやそれゆえか、執筆は難航を極めた。「やっぱり自分には三十代半ばの女性の気持は分からない」と前記の担当編集者（やはり三十代半ばの女性）に泣きを入れたのは一度や二度ではなかった。こうして完成までこぎつけることができたのは、ひとえに「彼女たち」のおかげである。

最後に、結婚生活を含めこの世の全ては自分たちが動かしていると思っている夫《おとこ》たちよ、本書を読んで震えて眠れ。

熱帯夜が続く七月某日記す

本作品は書き下ろしです。

丸山正樹　まるやま・まさき

１９６１年、東京都生まれ。早稲田大学卒業。シナリオライターとして活動した後、松本清張賞に応募した『デフ・ヴォイス』で、作家デビュー。コーダ（ろう者の両親の家庭で育った聴者の子ども）である手話通訳士を主人公にしたミステリーで話題となり、続編の『龍の耳を君に』『慟哭は聴こえない』『わたしのいないテーブルで』などが次々と刊行される。２０２１年『ワンダフル・ライフ』で読書メーターOF THE YEAR 2021に選ばれる。他の著作に『漂う子』『ウェルカム・ホーム！』『キッズ・アー・オールライト』などがある。

夫《おっと》よ、死《し》んでくれないか
二〇二三年十月二一日　第一刷発行
二〇二四年三月二八日　第二刷発行

著者　丸山正樹
発行者　箕浦克史
発行所　株式会社双葉社
〒１６２－８５４０　東京都新宿区東五軒町３－２８
電話　０３－５２６１－４８１８（営業部）
　　　０３－５２６１－４８３３（編集部）
http://www.futabasha.co.jp/
（双葉社の書籍・コミック・ムックが買えます）
印刷所　中央精版印刷株式会社
製本所　中央精版印刷株式会社

ISBN978-4-575-24685-8 C0093

落丁・乱丁の場合は送料双葉社負担でお取り替えいたします。「製作部」あてにお送りください。ただし、古書店で購入したものについてはお取り替えできません。
［電話］０３－５２６１－４８２２（製作部）

定価はカバーに表示してあります。